KB080760

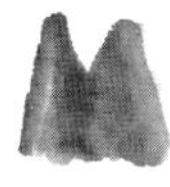

작은 산이
큰 산을 가린다

작은 산이
큰 산을 가린다

이성부 시집

창비

차례

제1부

가재마을 10

소리가 숨는 곳 11

나무 지팡이 12

논개를 찾아서 14

내 고향으로도 뻗어가는 산줄기 16

산을 배우면서부터 18

옛적에 죽은 의병이 오늘 나에게 말한다 20

붉은 악마 22

송홍록 24

하늘이 속물 하나 내려다본다 26

쇠지팡이 27

떠돌이별 하나가 28

아름다움 30

할미봉이 숨이 차서 31

갓난아기가 되어 32

거창 땅을 내려다보다 34

산속의 산 36

상여덤을 지나며 38

덕유평전 40

저를 낮추며 가는 산 42
거품 43
어째야 쓰까 44
빼재 46

제2부

부끄럽게 48
고운 얼굴들 더 많이 살아납니다 49
자유의 길 52
마애삼두불 55
황사바람이 쓸 만하다 56
울음잡기 58
어떤 길 59
여시골산 60
사랑이 말을 더듬거렸다 62
덜 익어도 그만 잘 익어도 그만 64
터덜터덜 66
나도 지금 어슬렁거리네 68
금산 일기 70
낮은 산 71
면암선생 운구가 기차에 실려 갔다 72
감나무 아래에서 74
안과 밖 76
손 들어도 달아나기 일쑤인 자동차를 기다리며 78
영동할미가 루사를 몰고 왔다 80

십자고개 82
청화산인의 말씀을 거꾸로 받아들이다 84
서서 밥 먹는 나를 굴참나무가 보네 86

제3부

돌마당 식당 심만섭 씨 88
대야산 내려가며 90
버리미기재 92
슬그머니 사라져버린 길 94
은티마을 95
희양산 일기 96
작은 산이 큰 산을 가린다 98
생명 100
무슨 사연들 쏟아부어 새재를 만들었네 102
토끼비리 104
꿈틀거린다 105
윤광조가 만든 코딱지 산들 106
나를 숨긴다 108
더덕 한뿌리를 슬퍼함 109
무정한 총알이 내 복숭아뼈를 맞혔네 110
제일연화봉 112
우두커니 114
김삿갓에 새삼 조바심 생겨 115
겨울 호식총 하나가 116
태백산 숯가마 118

비틀거린다 119

제4부
비로소 길 122
대간이 남의 집 앞마당을 지나가네 123
장성터널 위를 걷는다 124
진달래 꽃빛 같은 통증이 126
기쁨 128
표지기를 따라 129
연칠성령 132
내 살갗에 파고들어 서울까지 따라온 놈 133
자병산 안개 134
숨은 골 136
처음처럼 137
죽음의 계곡 138
오세암 139
청년 장교 리영희 140
길이 나를 깨운다 142
저항령 143
너덜겅 144
발길 돌리다 145

시인의 말 147

제1부

가재마을

내가 걷는 백두대간 82

큰 산줄기가
사람 사는 마을로 내려왔다가
자동차 길을 따라 한참을 더불어 흐르다가
논둑길 가로질러 엎어지기도 하다가
잠시 세상의 때묻은 몸 털어내고
가재마을 뒤 소나무 아래에서 낮잠 한숨 붙이고
천천히 몸을 일으켜 다시 나아간다
예전에는 사람과 짐승들도 조심스럽게
몸을 낮추거나 숨죽이며 걸었던 길에
자동차들이 요란한 소리로 산천을 흔들며 달려가고
사람들도 가슴마다 멍이 들어 걸어가므로
사람들 말 없음도 더 큰 외침이라는 것을 알겠다
짐승들은 모두 어디로들 숨어버렸는지 나자빠졌는지
산길도 이빨이 빠진 듯 헛바람만 내뿜는다
큰 산줄기가
지리산 긴 몸뚱어리 뒤로 남겨두고
제 갈 길을 찾아 올라간다 고즈넉하게

* 가재마을: 전북 남원시 주촌리에 있는 마을.

소리가 숨는 곳

내가 걷는 백두대간 83

소리에 풋내가 나더라도 들어주시오
소리를 배운 지 이제 시작이오
희산이가 삼각산 어느 자락에서 들려주던
쑥대머리 한 대목
가녀린 목이 아직 트이지도 않았는데
지가 먼저 설움에 겨워 소리를 잇지 못했네
함양 백운산 골짜기에 와서
온 산 가득한 소리의 뿌리를 더듬는다
천파만류 물이 모아져 바다에 이르듯이
바다에서야 짠물로 저를 씻어 한몸이 되듯이
이 세상 삼라만상 희로애락 소리들 모아져
산속으로만 빨려 들어가고
산속에서는 소리들 숨어 엎드려 있음
나를 또 북받치게 한다

* 희산이: 여류 시인 강희산. 『현대시학』으로 등단하여 시집 『곤쟁이와 연애 중입니다』 『비가 오면 볶은 콩이 먹고 싶다』 『도래기재에 우리나라 호랑이가』 등을 냈다. 백두대간 구간 종주기 『길이 아니면 가지 마라』도 펴냈다.
* 쑥대머리: 판소리 「춘향가」 중의 한 대목.
* 지가: 자기가, 제 스스로가 등의 뜻을 지닌 전라도 말.

나무 지팡이

내가 걷는 백두대간 84

풀섶에 버려진 나무 지팡이 하나 쓸 만해서
집어들고 산을 내려간다
오랜만에 짚어보는 지팡이 모가지 잡은
내 왼손을 거쳐
땅 기운이 내 몸속으로 들어오는 것을 알겠다
언젠가 다른 산에서도 느껴 알아차렸던
그 편안한 가슴 트임 같은 것
내 손가락 발가락 끝 모세혈관까지
힘이 실려 도는 소리 같은 것
죽은 나무마저 땅과 사람을 잇는구나
저녁 하늘이 불그레하게 옆으로 드러누워
나도 너의 편이다라고 말씀하신다

논개를 찾아서

내가 걷는 백두대간 85

주논개 태어났던 마을 물에 잠겨
오늘은 검푸른 오동제 호수로 출렁인다
새로 복원된 생가 마루에 앉아
바라다보이는 깃대봉 높은 등줄기
눈 덮인 대간 마루금
내 온몸을 벅차오르게 한다
전라도 장수에서 태어나 경상도 함양에 묻힌
스무살 한 떨기 가녀린 목숨
그녀 무덤 찾아가는 발길에 눈만 내리 쌓이고
육십령에서는 자동차들도 엉금엉금 기어서 간다
진주성 빼앗기고 돌아가던 패전 의병들
이 고개에 올라 잠시 숨 고르며
그녀가 묻힌 저 산자락 돌아보았을 게다
방지마을 앞쪽 산줄기 양 날개 사이로
뻗어내린 산 매듭을 지어 머문 언덕
위아래로 자리잡은 무덤 두 기
아 지아비와 지어미의 하늘 바라보기
사백 수십년 세월 자라나서 산이 되었구나

대간에서 나고 대간에 묻혔으니
내가 가는 길도
그녀 매서운 눈보라 맞으러 가는 일이다

* 오동제: 전북 장수군 장계면에 있는 호수.
* 대간: 백두대간의 줄임말.
* 방지마을: 경남 함양군 서상면 금당리에 있는 마을.

내 고향으로도 뻗어가는 산줄기

내가 걷는 백두대간 86

아직 캄캄한 새벽 무령고개 절개지
숨가쁘게 올라 영취산 정상에 주저앉았다
먼데 산들이 보이지 않는다
벌거벗은 나무들 사이 한두 평 될까말까한 곳에
자그마한 나무 푯말 하나 부끄러운 듯 서 있을 뿐
이곳에서 금남호남정맥 갈라지는 산줄기
내 고향으로도 뻗어가는 산줄기
대간은 이미 저를 감추어
내 가는 길 몇번이고 뒤돌아보아도
눈짓 손짓 하나 주지 않는다
지나쳐버리는 발걸음과
거기 오래 머물다 가는 발걸음도
어차피 모두 떠나가는 것은 매한가지
내리 쌓이는 눈에 묻혀
먼저 간 사람들 발자국 찾을 길 없고
우리도 그렇게 묻혀지거나 지워질 뿐이다

* 무령고개: 전북 장수군 장계면과 번암면 사이의 고개.

산을 배우면서부터

내가 걷는 백두대간 87

산을 배우면서부터
참으로 서러운 이들과 외로운 이들이
산으로만 들어가 헤매는 까닭을 알 것 같았다
슬픔이나 외로움 따위 느껴질 때는 이미
그것들 저만치 사라지는 것이 보이고
산과 내가 한몸이 되어
슬픔이나 외로움 따위 잊어버렸을 때는
머지않아 이것들이 가까이 오리라는 것을 알았다
집과 사무실을 오고 갈 적에는
자꾸 산으로만 떠나고 싶어 안절부절
떠나기만 하면 옷 갈아입은 길들이 나를 맞아들이고
더러는 억새풀로 삐져나온 나뭇가지로
키를 넘는 조릿대 줄기로
내 이마와 뺨을 때려도
매맞는 즐거움 아름답게 살아남았다
가도 가도 끝없는 길 오르락내리락
더 흘릴 땀도 말라버려 주저앉을 적에는
어서 빨리 집으로만 돌아가고 싶었다

산을 내려가서 막걸리 한 사발
퍼마시고 그냥 그대로 잠들고만 싶었다
이렇게 집과 산을 수도 없이 오가면서
슬픔과 외로움도 산속에서는
저희들끼리 사이 좋게 잠들어 있음을 보았다

옛적에 죽은 의병이 오늘 나에게 말한다

내가 걷는 백두대간 88

나는 본디 내 이름이 무엇인지
아비 어미 이름이 무엇인지 알지 못했다
누구든 아무렇게나 이놈 저놈
되풀이 나를 부르다가 어느덧 바우가 되었다
가세 가세 나무 가세
깊은 산에 나무 가세
우드락 뚝딱 나무 가세
지게 지고 올라와 삭정이 긁으면서
흥얼흥얼 뱉어내는 노래
내려와서는 장작 패고 쌓아두고
불때거나 논에 물꼬 잡으러 나가거나
이 세상 내 이름 따라다니는 나의 일이었다
난리가 났다고 했다
어르신네 말씀 좇아 온 동네 동무들 불러모았다
글 읽는 도령들도 왔다 우리는
횃불 켜들고 육십령으로 몰려가서
밤새워 숨죽이며 왜놈들을 기다렸다
어르신 고함 소리 새벽 하늘을 찌르고

우리들은 함성을 지르며 내달렸다
나무하던 낫으로 저들을 찍고 또 찍어
나도 쓰러져서 이 산에 보태는 흙이 되었다
이 고개를 넘어
내 본디 이름이 있는 다른 세상으로 나도 갔다

붉은 악마

내가 걷는 백두대간 89

육십년대 말의 어느날 내 친구는
영문도 모르고 낯선 사람과 마주앉았다
내 친구는 젊은 화가였는데
포스터에 왜 그렇게 빨간색을 많이 칠했느냐고
그 사람이 물었다
짐작을 못하는 바 아니지만
이렇게까지 하면 그림이 어떻게 될까
폴 고갱도 우리나라에서라면
어떤 색으로 여자들을 그렸을까
내 친구는 무서워 밤마다 잠을 이루지 못하였다
노을 지는 바다 구름을
검정과 노랑으로 북북 문질렀다
바다와 산과 하늘 사이 뒤로
빛깔과 빛깔 사이 뒤로
사람과 사람 사이 뒤로
아무것도 드러내지 않는 엉뚱한 그림자가 왔다
팔십년대의 어느 가을날 내 친구는
덕유산의 불타는 단풍을 화폭에 옮겼다

붉은 치마 나를 감싸 안은 듯
내 얼굴도 화끈거렸다
요즘 축구장에서는 붉은 악마 물결치므로
내 가슴도 덩달아 달아올라
나를 자꾸 소년으로 달리게 한다
강렬한 힘이
꿈틀거리는 내 발가락들 가득 꼴리게 하고
아름다운 빛깔들 모두
우리나라 산천에서 떠온 것임을 알겠다

송홍록

내가 걷는 백두대간 90

귀신에게서 소리를 배웠다고도 하고
나는 새 살랑거리는 잎사귀
우짖는 바람 내려 쌓이는 눈발에게서도
소리를 배웠다고 전해진다
이 세상 삼라만상 중생들 희로애락 생로병사가
모두 그의 스승이자 더늠이 되었다고도 한다
아스팔트 국도가 된 육십령에 떨어져서
사위를 둘러본다 첩첩 산들이
저마다의 몸속에 익을 대로 익은 소리를 품어
터질 듯하므로
이 고요함이 오히려 무서움이라는 것을 본다
그가 무덤에서 도망쳐 나와 이르렀다는
이 고갯마루 언저리
오늘은 된장찌개 맛있는 밥집에 앉아
막걸릿잔을 기울인다
그가 소리를 지르면 바람 일어
촛불들 한꺼번에 꺼져버리고
나무들 부러져서 나뒹굴고

귀신 울음소리 들려와

나으리들 등골 오싹하는 모습

지금 나에게도 아주 잘 보인다

* 송흥록(宋興祿): 1800년 전북 남원군 운봉면 비전리에서 태어난 판소리 명창. 백운산(함양) 암자에서 소리공부를 했으며 귀신 울음소리에 능했다고 한다. 죽은 해는 미상.

* 더늠: 판소리 명창들에 의해 노랫말과 소리가 각자의 개성에 따라 새로 만들어지거나 다듬어져 불리는 것. 제(制)라고도 한다.

하늘이 속물 하나 내려다본다

내가 걷는 백두대간 91

어떻게 돌아왔는지를 모르겠다
아침에 일어나보니 여기저기 멍이 들었다
상처 자리에 딱지 같은 것도 붙어 있다
마음도 많이 터져서
맨소래담 같은 것 바르면 될까
육체가 말을 못하므로 나는 편안해지고
정신은 내 안에서 잔소리를 많이 하므로
나는 나의 문을 닫아 잠그거나 어디 밖으로
뛰쳐나가야 한다
몸과 마음 사이에서 오락가락하는 내가
나를 보고 내 바깥을 본다
바깥은 엉킨 실타래와 뒤섞인 굉음과 서울이다
창밖 모과는 너무 많이 열려서
떨어질 때 기다리는 것 아니라
흔들리는 잎새들 뒤로 저를 감추기만 한다
나는 행여 무슨 반가운 전화라도 올까 싶어
휴대전화를 바지 주머니에 넣고 내 문을 나선다
가을 깊은 하늘이
한심하다는 듯 나를 내려다본다

쇠지팡이

내가 걷는 백두대간 92

앞서가는 사람 쇠지팡이 두 개
바윗돌을 스칠 때마다
내 머리 어지러워 주저앉아버리고
푸나무 건드릴 때마다 내가 아퍼
눈으로 신음소리를 낸다
씩씩하게 땅바닥 찍는 것을 보고
땅이 문 닫는 소리 저를 가두는 소리
온 세상 귀 막는 소리 나에게도 들린다

떠돌이별 하나가

내가 걷는 백두대간 93

밤하늘 별 쳐다보기를 잊어버렸다가
이게 얼마 만인가
밤 깊은 산길에서 하늘을 본다
마치 돋보기 너머로 쏟아지는 것들 같아
눈을 깜박거리며 쳐다본다
저렇게 크게 빛나는 것도 별인가요?
아까부터 나도 궁금해하던 것을
함께 걷는 이가 묻는다
떠돌이별 하나가 사람 사는 곳으로 낮게 내려왔다가
우리들 살피느라 저리 빛을 내리 쏘는지
아니면 무슨 인공위성 불꽃인지 모른다고 생각하면서
조릿대밭 사이로 힘겨운 발걸음이 간다
저 또록또록한 별밭 가운데서
손에 잡힐 듯 가깝고도 큰 별 하나
먼동이 트기 전 시꺼먼 장수 덕유 자락을 비춘다
별은 이미 밤부터 마음을 열어 나를 지켜보았는데
내가 아직 문 닫고 나아가고 있음을
나중에서야 나는 알아차렸다

서울에서 흔히 그러했던 것처럼
산중에서도 무엇을 알지 못해 쩔쩔매는 나를
별 하나에게 들켜 버리고 간다

아름다움

내가 걷는 백두대간 94

안개 속을 헤집고
조심스럽게 나아가는 사람의 눈에
나뭇가지는 자꾸 덤벼드는 짐승의 발톱이다
얼굴을 찌르고 배낭을 잡아 끈다
마음도 이리저리 할퀴어져 피를 흘린다
안개가 걸어간 발자국을 따라 딛으며 걷는
내 철썩거리는 발길이
마치 전쟁 같아 앞일을 알 수 없다
사람들은 높은 산에 올라와서야
발 아래 깔린 안개구름을 아름답게 본다

할미봉이 숨이 차서

내가 걷는 백두대간 95

너무 많은 것들 버리고 왔으므로
세상의 온갖 인연들
바람이 나뭇잎 털어내듯 떨쳐버리고 왔으므로
나 이토록 앙상하게 소진하여 헐떡거림이여
왼종일 쪼그리고 앉아
장수 덕유 푸른 묏부리 바라보거나
고개 돌려 내 걸어왔던 숨가쁜 길
무엇에 쫓기듯 달음박질 치던 삶 내려다보느니
이대로 붙박혀 뿌리내린 고단함이 몸을 눕히고
긴 세월의 무게 견디어낸 주름살도 터를 잡아
나 지금 숨 고르는 할미 되었네

* 할미봉: 육십령에서 장수 덕유산 오름길에 있는 바위 봉우리.

갓난아기가 되어

내가 걷는 백두대간 96

남덕유에 올라 바라보면
남쪽 멀리 지리산 능선이 모두 바다 위에 뜬 섬이다
내가 오르내린 생의 고빗길 흰구름 속에 묻혀
그냥 바다에 지워지는 뱃길 자국 같은 것
사라지는 바람 소리 같은 것이라고 여기며
발길을 돌린다
어머니의 너른 가슴 따라
내려가는 길 편안하다고 마음 놓지 말거라
버티고 선 삿갓봉 검은 무룡산
내 앞에 넘어야 할 봉우리 차례로 다가오느니
내려가거나 평평하거나 오르막이거나
그때부터가 모두 새롭게 시작하는 길임을
내 이미 알고 있지 않느냐 힘을 빼고 천천히
내 온몸의 모세혈관 구석구석까지
그리움의 피가 돌고 힘이 쌓일 때까지
게으름뱅이처럼 느리게 그대 뒤를 따른다
넉넉하게 넘치는 것들 이 높은 곳에서
어머니의 가슴과 배와 허벅지를 만들고

가녀린 목덜미 좁은 어깨 짧은 허리를 만들어
내 지금 가고 있음도 갓난아기의 허우적거림 아니더냐
햇볕이 너무 눈부셔 실눈을 뜨고
어머니의 얼굴을 본다 아직 무엇인지도 모를
얼굴 하나 본다

거창 땅을 내려다보다

내가 걷는 백두대간 97

우리나라 산골 마을 어디에도
육이오 때 숨져간 억울한 혼령들 없을까마는
이 산 아래 거창 땅은
오십년이 지난 지금도 가슴이 미어지는
누가 들어도 노여운 역사 하나를
더 가지고 있어 내 발걸음 잠시 멈추어야 한다
대대손손 땅을 일구며 살아왔던
순박한 사람들
남녀노유 가리지 않고 산골짜기에 몰아넣어
엎어지고 자빠지며 무서움에 떨 적에
하늘 갈기갈기 찢는 총소리 온 산을 뒤흔들었다
골짜기 에워싼 자기 나라 군인들의 총질에
그 여린 사람들 모두 숨을 거두었다
군인들은 그 많은 송장 더미 위에
장작을 쌓고 불을 질렀다
육이오가 끝나고 세 해 뒤라던가
그 골짜기 파헤쳐 유골들을 맞추어보니
어른 남자 뼈 일백아홉 명

어른 여자 뼈 일백팔십삼 명
어린것들 뼈 이백이십오 명
저 눈망울 선한 아기들도 빨갱이라고?
이러고도 우리나라 여기까지 왔으니
참 요행타!

산속의 산

내가 걷는 백두대간 98

하늘로 날자 날자 용 한마리 춤을 춘다
이 등성이 줄지어 가던 떠돌이 혼령들
불러모아 더덩실 함께 춤을 춘다
금세 일어나 솟구칠 듯한 또다른 산 하나
산속에 버티고 앉아 나를 몸 떨리게 한다
사람 속에 다른 사람 하나 숨겨져
그 마음을 알 수 없듯이
지리산에 반야봉 있어
큰 산 부드러움의 깊이 가늠할 수 없듯이
얼굴도 눈빛도 보여주지 않는
덕유산 줄기에 꿈틀거리는 무룡산
나를 자꾸 숨죽이며 돌아보게 함이여

＊무룡산(舞龍山): 덕유산 주능선상에 있는 큰 봉우리.

상여덤을 지나며

내가 걷는 백두대간 99

바쁜 걸음으로 백암봉 삼거리 꺾어들어
한참을 내려가다가
상여 닮은 바위 무더기를 본다
저 안에 어떤 주검을 담고 와서
이 높은 산등성이에 머물러 바위가 되었을까
내 나이 스물두살 때
꽃상여 안에 누워 어머니가 가셨다
함박눈 내려 쌓이는 광주 변두리로
가다 가다 쉬는 상엿소리 복받쳐
어린 동생 손 잡고 하늘 쳐다보았다
북망산천이 머다더니 내 집 앞이 북망일세
이제 가면 언제 오나 오실 날이나 일러주오
너허 너허 너화너 너이 가지 넘자 너화너
혼자 뽑는 앞소리에
상여꾼들 받는 뒷소리 더욱 서글퍼서
나는 처음으로 죽음에 따르는 하늘빛
저마다 다르다는 것을 알았다
이 덕유산 자락 깊은 골짜기마다

저 산 아래 터잡은 마을 골목길마다
북망으로 가던 퍼런 원한들 쌓여서
오늘은 어찌 그 하늘빛 아니다 하겠느냐
내가 가는 길 바른쪽이 거창 땅이다

* 백암봉: 덕유산 주능선상의 봉우리로, 백두대간 마루금이 향적봉을 거치지 않고 백암봉에서 동진한다.

덕유평전

내가 걷는 백두대간 100

산에 들어가는 일이 반드시
그 산 정수리 밟고자 함은 아니라고
생각한 지 오래다
산꼭대기에 올라가거나 말거나
중턱 마당바위에 드러누워 잠들거나 몸 뒤채기거나
계곡에 웃통 벗어놓고 발 담그거나 햇볕 쐬이거나
아무튼 이런 일들이 모두 그 산을 가득히
내 마음속에 품고 돌아와
묵은 책을 펴들어 기쁨을 만나듯이
새롭게 다시 만나는 일이 되기 때문이다
넉넉한 덕유평전도 데불고 가서
내 쩔쩔매는 나날도 갈수록 너그러워지기를 바란다
서울 변두리
이미 고향이 돼버린 거리 좁은 골목 거쳐
내 집에도 내 어질러진 방에도
이 산속 고요함과 살랑거리는 외로움 풀어놓으면
한달쯤은 아마 나도
잘 먹고 잘 살아 부러울 것 없을 터이다

산에 들어가는 사람이나 나와서
허우적거리는 사람이나
저 혼자 걸어가는 일은 마찬가지!

저를 낮추며 가는 산

내가 걷는 백두대간 101

이 산줄기가 저 건너 북쪽 산줄기보다
나지막하게 나란히 내려간다
허리 굽히고 고개를 숙여
조심스럽게 봉우리 하나를 일군 다음
자꾸 저를 낮추며 간다
그러다가 또 못봉을 일으켜 세우더니
무엇에 취한 듯 드러눕는 듯
금세 몸을 낮추어 부드럽게 이어간다
머지않아 이 산줄기 크높은 산을 만들어
더 나를 땀 흘리게 하리라는 것을 나는 안다
아 이런 산줄기가 크게 될 사람의
젊은 모습이어야 한다는 것을 하나 배운다
저를 낮추며 가는 길이 길면 길수록
솟구치는 힘 더 많이 쌓인다는 것을
먼발치로 보며
새삼 나도 고개 끄덕이며 간다

거품

내가 걷는 백두대간 102

살아오는 동안 나는 어쩌다가
이 몰골이 되어 사그라지는 것 아닌지
생각하면서
나를 업신여기는 때가 적지 않았다
나는 갈수록
내가 거추장스러워
나에게서 나를 빼내버리고만 싶었다
북데기만 넘쳐 쓸모없는 일에도 쩔쩔매다가
그리움에 몸을 망가뜨리는 내가
나는 마음에 들지 않았다
큰 산에 올라 높이 부는 바람 불러 세워
물어보아도
그 살갗에 내 볼을 비벼보아도
나는 끝내 내가 가는 길이
나의 길인지 헛된 길인지
알 수 없었다

어째야 쓰까

내가 걷는 백두대간 103

한마리 노루처럼 날렵하게 산을 타던
경언이가 어디 고장이 났다는 전갈이다
기다려도 모습 안 보이고 불러도 대답이 없다
갈 길이 먼데 어째야 쓰까
그가 잘 쓰던 사투리 내가 중얼거린다
다른 산동무들을 먼저 보내고
나는 퍼질러 앉아 그를 기다리기로 한다
햇볕은 따뜻하고 풀들이 시들어가는 사이로
노랗게 핀 작은 평화 하나가 고개를 쳐들어 나를 본다
바쁘기만 했던 산에서 모처럼 이런 여유가 생기다니
사람을 기다리는 맛도 행복이라고 여긴다
그가 올라온다 괴로움 가득한 눈빛에도
웃음을 머금었다 괜찮아요 먼저 가세요
둘이 앉아 귤 까먹고 담배 한대 피우고
일어서서 그를 앞세우고 내려간다
내리막에서는 거의 앉다시피 가고
평지나 오르막에서는 한쪽 다리를 끌면서 간다
이 산에서 다리에 총 맞은 사람도

저렇게 걸었을까

이번에는 멀어버린 슬픔이 오고 안타까움이 와서

내 가슴도 절뚝거리며 간다

어쨰야 쓰까 갈 길이 먼데

* 경언이: 나의 산행 친구(후배)로 그림을 그리는 이경언.

빼재

내가 걷는 백두대간 104

바람과 구름이 쉬어 가고
사람과 짐승도 쉬어 넘는다는 고개
한낮인데도 어둑하여
어디 못 볼 데라도 본 것 같다
내 사랑은 가운데 토막이 잘려서
어디로들 사라졌을까
양쪽 얼굴은 울퉁불퉁한 바위벼랑이 되고
산을 도려낸 자리 고개 위로 자동차들이 오고 간다
산의 살을 째고 뼈를 잘라
찻길을 내었으니
우리나라가 이렇게 가도 잘될까 싶어
힘 빠진 내 발걸음 휘청거릴 수밖에

* 빼재: 경남 거창군과 전북 무주군 경계에 있는 고개. 옛날 도둑과 사냥꾼에게 잡혀먹힌 짐승의 뼈가 많이 쌓여 있었다고 해서 '뼈재'로 불렸는데, 경상도 발음으로 '뼈'가 '빼'가 되어 빼재로 통용되었다고 한다. 일제 때 고개 이름을 한자로 표기하면서 '빼'를 빼어날 '수(秀)'로 해석, '수령(秀嶺)'이라는 웃지 못할 이름도 생겼다. 신풍령(新風嶺)이라는 다른 이름도 있다.

제2부

부끄럽게

내가 걷는 백두대간 105

바위틈에 뿌리를 내린 늙은 소나무가
뒷짐지고 서서 나를 불러 세운다
천만년 참아온 바위의 속내를 읽었는지
나에게 무슨 말 던져 깨우치려는지
그 까닭 잘 듣고 싶어
나도 이녁 그늘에 앉아 땀 닦고 귀를 기울인다
꿈적도 않는 바위 숨죽이고 엎드려 있지만
저 깊은 곳에서부터 오는 가벼운 떨림을 나도 감지한다
늙은 소나무는 불그레한 몸뚱어리 거칠게 용틀임하므로
내가 오줌 마려운 소년처럼 쩔쩔맨다
이 높은 곳에서 더 넉넉하게 자리를 깔아놓은 바위
허리 휘어져 더 굳센 힘을 감추는 소나무
세상만사 다 꿰뚫어보는 눈들 있어
내 잠자코 사는 일도 힘에 부치구나
내가 저지른 허물들 하나씩 들추어내 널어놓고
솔바람 소리 나를 부끄럽게 말려준다
늙은 소나무가 알아들었냐는 듯이
햇살 잘게 썰어 빛나는 이파리로 웃는다

고운 얼굴들 더 많이 살아납니다

내가 걷는 백두대간 106

승리에 굶주린 얼굴들을 보았습니다
가쁜 숨 몰아쉬며 해쓱하게 아름다웠습니다
미처 말을 못해도 내 볼 가까이에 닿는
착하고 힘겨운 눈빛들 나는 다 알아차렸습니다
이 골짜기 칠연의총에서부터
동엽령 올라 덕유평전 백암봉 향적봉까지
그리고 도로 이 골짜기 내려갈 때까지
걷다가 달리다가 서서 숨 고르다가
그렇게 몇해 전 젊은 그대들과 나도 하나였습니다
단풍 물든 얼굴들 서럽게 창백해져서
내 안타까움도 붉은 울음이었습니다
내 몸 바스러지는 줄도 모르면서
내 얼굴도 함께 백지장 된 것을 모르면서
나도 축지의 하늘 찾아 내빼기만 했습니다
구십사년 전 이 골짜기에서 죽어간 의병들과
그들을 이끌었던 신명선과
일백오십여 유골들을 수습해 묻었던
산 아래 마을 사람들과

또 오십일년 전 송칫골 육개 도당회의
입 굳게 다물고 돌아선 이현상과
그를 따르던 젊은 산사람들 모두
오늘은 같은 얼굴들로 저리 많이 되살아나므로
찬찬히 살피느라
나도 느리게 걸어 산마랑에 이르렀습니다
올라와서 보니 눈 덮인 평야가 달려와
내 키를 자꾸만 낮추게 합니다
낮으면 낮을수록 더 높은 꿈이 솟구치지요
이 너른 벌판
철쭉밭이거나 키 작은 조릿대밭에서도
승리에 굶주린 저 고운 얼굴들
외침 소리 달음박질 소리 바람 소리
한꺼번에 나를 때립니다

* 칠연의총: 1907년 일제에 의해 조선왕조 군대가 강제 해산되자, 왕실 근위대 지휘관의 한 사람인 신명선(申明善)과 그를 따르던 150여 의병들이 덕유산 칠연(七淵)계곡에서 의병 투쟁을 벌였다. 이들은 1908년 일본군과 맞서 싸우다 전사했는데, 1974년 이들을 기리기 위해 칠연의총을 조성하고 정화사업으로 단장되었다. 1995년 나는 이곳에서 젊은 후배들과 산악 마라톤 대회에 참가했다.
* 동엽령 · 덕유평전 · 백암봉 · 향적봉: 덕유산 남북 주능선상에 있는 고개 · 고원 · 봉우리 이름.
* 송칫골 육개 도당회의: 6 · 25 당시 덕유산 북쪽 송칫골에서 열렸던 노동당 6개 도당 위원장 회의.

자유의 길

내가 걷는 백두대간 107

무엇을 깜박 잊어버리거나 잃어버리거나
하는 일들이 가끔 생긴다
예삿일이 아니다라고 그때마다 도리도리를 한다
이렇게 멍청하게 또는 부지불식간에
사는 일이 자연으로 돌아가는 길이라면
나는 아무래도 그 길에 들지 않아야 하고
그 길에 들어갔다 하더라도 되돌아 나와야 한다
눈 덮여 길이 사라진 덕유삼봉 오르면서
길춘일이 여기 어디쯤 길을 잃어 헤맸다는
언저리를 더듬어간다 나도 조만간
눈구덩이에 박히거나 안개 속에 묻히거나
사람과 짐승 발자국 따라가다
엉뚱한 곳 향할지도 모른다는 두려움에
발걸음이 자꾸 휘청거린다
온몸의 털 곧추서서 긴장하는데
내 몸이 문득 나에게 말한다
그래도 나는 새장 속에서 뛰쳐나왔어
이렇게 없는 길 찾아가는 것이 더 좋아!

아무리 버둥거려 벗어나고자 해도
도로 제자리에 오기만 하는 삶은
서울 속에 더 많다고 생각하면서 간다

* 덕유삼봉: 덕유산의 동북쪽 끝자락에 있는 해발 1264m의 봉우리.
* 길춘일: 1994년 71일 동안 백두대간을 지원 없이 단독 종주한 산악인.

마애삼두불

내가 걷는 백두대간 108

나는 때로 무한 떠돌이를 꿈꾸지만
힘겹게 산마루턱에 오른 내 몸이 끝내
서울로 돌아가는 기차 시간을 앞당긴다
통금시절 달빛 맞으며 달음박질 치던 길이
산에까지 따라와 나를 서둘게 한다
내 영혼은 여기 남겨두고
몸만 빠져나가 내려가기로 한다
무풍에서 골짜기 따라 걸어 올라온 그리움과
영동에서 또 그렇게 올라온 물한리계곡과
김천에서 올라온 징소리 울음과
이런 것들 모두 나의 꿈을 닮았으므로
이 높은 곳 바위벽에 또하나의 나
머리 셋 포개진 부처님으로 살거라
눈 뒤집어써서 오히려 청청한 얼굴들
가부좌하고 남녘 땅 내려다본다

* 마애삼두불: 충북 영동과 전북 무주 사이에 솟은 석기봉(해발 1200m) 아래 바위의 마애불상. 머리 세 개가 포개져 있어 기이한 형상이다.

황사바람이 쓸 만하다

내가 걷는 백두대간 109

철없는 봄눈 쌓여 산길을 지워버렸다
대낮인데도 해는 흐지부지 떠서
어디 아편 맞은 하늘처럼 온통 게슴츠레하다
황사 데불고 온 성난 바람이
나를 눈물콧물 흐르게 하고
산골짜기 모두 가려 먼데를 볼 수 없다
동서남북 어디인지 가늠을 못하는데
내 안에 잠자던 도발끼가 파르르 눈을 뜬다
불확실성이야말로 나를 틔우는 첫번째 힘이다
몇해 전이던가
이 등성이에서 꼭 이 무렵에
야간행군하던 젊은이들이 많이 죽었다
전쟁이 사라진 뒤 오십년이 지났어도
적 없는 전쟁은 여기까지 올라와 사람들을 쓰러뜨렸다
억울하고 안타까운 일 산 위에서도 적지 않아
그 사연들 더듬어 나도야 간다
지도와 나침반과 표지기를 좇아
이리저리 헤맨 지 네시간여

민두름산 정수리 편편한 곳에 이르렀다
하늘도 세상도 모두 한통속인 찌푸림이어서
그 가운데 서성이는 내가 나도 두렵다
황사는 모래먼지 안개뿐만 아니라
저의 꿈도 보듬고 바다를 건너와서
쓸 만하게
나를 이토록 더 나아가게 함이여

* 표지기: 산길을 알리기 위해 나뭇가지에 매달아놓은 리본.

* 민두름산: 충북 영동군과 전북 무주군 경계에 솟은 민주지산(해발 1241m)의 다른 이름. 충청도 쪽에서 보면 민두름하게 보이므로 붙여진 우리말 이름인 듯.

울음잡기

내가 걷는 백두대간 110

내 서러움이 매를 맞아 풋울음을 운다
내가 나를 두들기는 손에 주름 잡힌 힘 있어
내 노여움이 터져나오는 쇳소리도
때려잡아 순한 황소 울음으로 바꾼다
내가 알맞게 추스르는 것은 소리가 가야 할 길
멀리 널리 되살아나게 하는 일
우리나라 김천 징소리는 산줄기를 닮아
부드럽게 일어나 춤을 추며 넘실거린다
아니 산줄기가 징소리를 닮아
긴 울림으로 꿈틀거리며 흘러간다
이 등성이 타고 남으로 내려왔던 젊은이들
가슴마다 저 벅찬 사랑 닮아 치달렸음이여
슬픔과 노여움이 산같이 쌓인 뒤에라야 오는
고요함처럼 그 뒤를 따라가는 내 발걸음처럼
이 울음은 내가 무담시 내지르는 소리 아니다

* 울음잡기: 방짜 징을 만들 때 쇠를 두들겨 소리를 가다듬는 일.
* 풋울음: 울음잡기를 할 때 처음으로 나는 소리.
* 무담시: 까닭 없이, 괜히 등의 뜻으로 쓰이는 전라도 말.

어떤 길

내가 걷는 백두대간 111

내 발길 닿으면서 비로소 길이
허물을 벗는다 깨끗하다
쇠가시에 갇혀 오랜 세월 엎드려 있다가
등줄기에 가랑잎 황사먼지 따위 뒤집어쓰다가
소나기 흙탕물에도 저를 지우다가
오늘 눈뜨네 나를 사로잡네
짐승도 사람도 드나들지 못했던 길
숨죽이고 있던 길이 눈 비비며 일어서고
기지개 켜고 두리번거리고
풋풋하게 살아나는 것을 내가 본다
사람과 함께 사는 길이라야
길은 조심스런 평화로 되어 저를 빛내고
서로 막힌 가슴 트여 마음도 오고 가느니
길이 뚜벅뚜벅 걸어가므로
그 뒤를 따라 바람 가네 소리가 가네
풀이파리들 산꽃들 산새들 가는 뒤로
녹슨 쇠가시들 끊어져 절뚝거리며 가네
내 잠자던 그리움도 깨어나서
덩달아 어서 가자고 나를 잡아끈다

여시골산

내가 걷는 백두대간 112

사는 일이 어쩌다가
무엇에 씌운 듯 홀린 듯 구차한 곳으로
가버리는 수가 생긴다
뒤늦게 잘못 깨달을 때라야 비로소 시작이다
오던 길 되돌아서서 다시 올라가
차근차근 더듬어보아야 한다
여시골산에 여시는 안 보이고
여시굴인지 육이오 때 포탄 떨어진 자국인지
깊게 파인 구덩이 하나 입을 벌리고 있다
바닥을 보이지 않는 허무가
저런 모습일지도 모른다고 생각하면서
천천히 고만고만한 산봉우리들을
넘고 또 넘는다
길을 잘못 든 무덤 하나 둘
그만 지쳐서 길섶에 누워 있다
궤방령 아스팔트길 내려서서 뒤돌아본다
아홉 개의 봉우리를 넘어서 내려왔다
구미호가 바로 저것인가?

* 여시골산: 경북 김천과 충북 영동 사이의 황악산 동북쪽 끝자락에 자리한 산. 해발 750m.

사랑이 말을 더듬거렸다

내가 걷는 백두대간 113

산이 땅바닥까지 내려갔다가
다시 산을 일구며 올라간다
이 산을 따라가는 내 발걸음도
갈수록 무거워 나는 내가 버겁다
가장 아름다운 사람은
손쉽게 오지 않는 법이다
그럴듯한 수사나 바람둥이 같은
매끄러움 부려도 오지 않는다
이 산을 가운데 두고
이쪽 저쪽 사람들 서로 서먹서먹했다
마음을 열지 못했다
나지막한 고개가 뚫리면서부터
사랑도 오고 갔으나 말을 더듬거렸다
그래서 눌의산이 되었음일까
지금은 이 산기슭으로 철도가 지나가고
고속도로가 지나간다
국도와 옛 길도 나란히 달린다
오랜 어려움 끝에 오는

아름다운 사람이 이리 너그럽고
이리 편안하다

* 눌의산(訥誼山): 추풍령 서쪽에 있는 산. 해발 743m.

덜 익어도 그만 잘 익어도 그만

내가 걷는 백두대간 114

나는 지금 내가 쓰는 이 시가
아무래도 덜 익어서 나온다는 생각을 하고 쓴다
황악산에서 내려와
기차 타고 서울로 가다가
노근리 농협창고라는 큰 글씨를 보았다
그렇다면 내가 그때 그 철교 위를 지나가고
그 울부짖음 핏자국 위를 지나가고
그 아녀자 지아비들의 주검 위를 지나가는 것 아니냐
아직도 여기 떠도는 혼백들 가득해서
솟구치는 노여움 하늘 찌르는 곳 아니냐
내가 어른이 되어서 본 육이오 때 흑백사진
남부여대하여 피난길 떠나던 흰옷 입은 사람들
소달구지에 가득 실은 살림살이
사내들 등짐 지거나
아낙들 아기 업고 머리에 봇짐 이거나 해서
남으로 남으로 줄을 지어 가던 사람들
이 사람들을 철둑 아래 굴다리에 몰아넣고
산지사방에서 기관총탄을 쏟아부었다

그때 피카소가 이 참상을 보았더라면
「한국의 학살」이 달리 그려졌을 터이다
그렇게 숨져간 백성들 우리나라의
흙이 되고 물이 되고 푸나무가 되었다
이번에는 추풍령에서 택시를 타고
노근리 쌍굴다리 그 자리에 내렸다
철교 시멘트 교각에 파인 총탄 자국들
그 아래 잘 닦인 왕복차도에
행복해 보이는 승용차들이 오고 갔다
내 시는 덜 익어도 그만
잘 익어도 그만이라는 생각이 든다

터덜터덜

내가 걷는 백두대간 115

궤방령 풀섶에서 비 맞으며 밥 먹는다
곤두박질 내려온 길 내 젊은 한시절이
비에 젖어 절뚝거리는 모습 보인다
영재는 이리저리 길을 찾아 바쁘기만 하고
나는 느긋하게 건너쪽을 살핀다
시집가는 딸아이 만날 기약 없이
눈물로 내려보내던 아비 어미
기찰을 피하거나 귀양길이거나 등짐 진 이거나
선비들 과거 보러 가는 길이거나
그늘과 바람으로 이녁을 감싸
이 고개 넘나들었던 사람들
나도 천천히 내려서서 옛사람처럼
뒷짐지고 찻길을 건너간다
밥 먹고 난 걸음걸이 힘겨운 깔끄막
버거운 꿈 하나 더 보태 짊어지고
터덜터덜 늙은 악마를 따라간다

* 궤방령(掛榜嶺): 충북 영동군과 경북 김천시를 연결하는 977번 지방도로의 고개. 백두대간상의 황악산과 추풍령 사이에 있다.
* 영재: 시인 김영재(金永在) 씨. 나와 함께 백두대간을 구간 종주했다.
* 늙은 악마: 김영재 시인이 자신의 별명을 이렇게 지어 불렀다. 이천이년 월드컵 때의 일이다.

나도 지금 어슬렁거리네

내가 걷는 백두대간 116

추풍령에 내려서니 바람도 구름도
쉬어 가기는커녕 달아나기에 바쁘다
기찻길도 고속도로도 옛사람 다니던 길도
그냥 달려가버리므로
옷자락 한움큼 붙잡을 수 없다
내 그리움은 언제나 이런 꼴이 되어
빈손만 털고 돌아서기 일쑤다
내가 내려왔던 길 되돌아보니
성급하게 떨어져 꿈틀거리는 산줄기
다 그럴 만한 사연이 있겠다
저리 허둥대고 두리번거리고 잠시 멈췄다가
이내 달음박질 곤두박질쳐서
이리 널찍한 당마루 고개 만들었구나
추풍령은 다만 산이 쉬어 가고
사람도 따라 쉬면서 두루 살피는 곳
이 언저리 떠도는 넋들도 퍼질러 앉아
시일야방성대곡으로 또는 아우성으로
갈수록 어깨만 넓어지는 곳

이 나라 사람이라면 모두 머물러서
저 벌판 끝 외로운 짐승 울부짖는 소리
귀담아 지나가야 하는 곳
사라지는 것들은 사라지게 내버려두고
나 지금 어슬렁거리며 무엇을 찾고 있음이여

* 당마루: 추풍령의 마을 이름. 옛날 당나라 군대가 주둔했다 하여 붙은 이름이라고 마을 노인이 일러주었다. 경부선 철도가 지나는 노근리 굴다리가 여기서 멀지 않고, 위암 장지연의 고향인 경북 상주도 가까이에 있다.

금산 일기

내가 걷는 백두대간 117

마을 식당 아주머니는 그 산을 반조각 산이라고 불렀다 백두산 가는 길이 그 산에 있다고 내가 말하자 고개를 갸우뚱거렸다 마을을 지나 잡목숲을 헤치고 길을 잡았다 표지기 서너 개도 흔들거렸다 산봉우리 가까워질 무렵에야 왜 반조각 산이 되었는지를 보았다 길은 반조각 산의 낭떠러지 위로 나를 잡아 끌고 올라갔다 엄청난 벼랑 저 아래로 학교 운동장 같은 하얀 터가 보이고 끊임없이 트럭들이 오고 갔다 분쇄기 돌아가는 소리 온 산을 흔들고 있었다 산새 한마리 보이지 않고 푸나무들도 넋이 빠져 제 얼굴색을 잃어버린 것 같았다 저도 나도 흐느적거렸다 잘려나간 나머지 반조각 산은 어디로 갔을까 사라져버린 산의 내장들이 저 아래에 하얗게 쌓여 있었다 내가 가끔 가는 모래내시장 순댓국집 소쿠리에 담긴 그 돼지창자 간 허파 셋바닥 머릿고기들 따위

* 금산: 추풍령 당마루 동북쪽에 있는 산. 해발 384m. 옛날에는 김천시를 이 산 이름을 빌려 금산군이라고 불렀다.

낮은 산

내가 걷는 백두대간 118

낮은 산은 그 뿌리가 깊고
어깨가 넓어 나도 따라가기에 멀다
따 아래로 얼마나 큰 뜻을 품고 사는지
무슨 꿈이 이리 느긋하게 사람들 불러 모으는지
나도 어림잡지 못하여 잠시 주저앉는다
신작로와 논두렁 밭두렁을 질러가는 큰 용이
먼데 산등줄기로 올라가는 것 보인다
두루 다 편안하기도 하려니와
내 마음도 환하게 길을 닦아
넘실거리며 간다

* 따: 땅
* 용(龍): 풍수에서는 산을 살아 있는 율동체로 본다고 하며, 그것을 용이 라고 한다.

면암선생 운구가 기차에 실려 갔다

내가 걷는 백두대간 119

가없이 하늘 넓고 햇볕은 남아돈다
신의티 찻길을 건넌 내 그리움이
자꾸 시간을 거슬러 올라가므로
땀을 흘린다

왜놈 땅에서 나오는 물 한모금 쌀 한톨 입에 넣지 않았다는 사람 왜놈 흙 밟을 수 없다며 조선 땅 흙 뿌려 밟고 갔다는 사람 그렇게 대마도에서 죽은 몸이 바다 건너 고국으로 돌아왔다 길가에 늘어선 백성들 운구를 가로막고 울부짖었다 산천초목도 떨면서 제 몸들을 짜내 아픈 비를 뿌렸다 상여는 하루 십리도 나아갈 수 없었다 상주 백성들이 더욱 두려운 왜경들은 널을 기차에 태우고 도망치듯 이 고을을 떠났다 낮은 산들이 높은 산들보다 더 힘차게 뻗어갔다 한 사람 죽은 몸뚱어리 가는 길 온 나라의 슬픔이 다독거렸다

저 많은 그리움들 발돋움을 해서
이토록 가멸찬 산과 넓은 들 만들었구나

* 면암(勉庵)선생: 한말의 거유 최익현(崔益鉉, 1833~1906)의 호. 척사위정 운동을 지도하고 항일구국투쟁의 선봉에서 의병을 지휘했다. 대마도 유폐 중 순국한 그의 유해가 동래를 거쳐 북상했는데, 상주에서 경북선 기차로 운구되었다는 이야기가 『매천야록』에 보인다.
* 신의티: 경북 상주와 충북 보은을 연결하는 길 가운데의 고개. 백두대간이 이 고개를 건너 속리산 쪽으로 치닫는다.

감나무 아래에서

내가 걷는 백두대간 120

서럽도록 푸른 하늘 가이 없고
눈 부셔 눈이 부셔 더 살고 싶은
동구 밖 어귀에
내 그리움이여
바알갛게 또는 아직 누우렇게
알몸들 드러내어
나 지금 불타고 있음이여

안과 밖

내가 걷는 백두대간 121

어미 뱃속 밑 모를 깊이에서
허우적거리거나
비집고 나오는 것이 이런 몰골일지도 몰라
개구멍바위 나와보니 비로소 세상이다
누구도 함께 가지 못하는 어려운 길에
그것을 모른 채 첫울음을 터뜨린다
눈 비비며 만나는 낯선 얼굴 두렵기도 하지만
차츰 익숙해져서 내 몸을 부드럽게 만든다
파랗게 이끼를 뒤집어쓴 바위 봉우리들
쇳소리를 내며 솟아 나를 굽어본다
낯익은 세상이 이미 나를 가둔다
세상에서도 세상에 빠져
쩔쩔매는 나를 내가 본다
안에서도 밖에서도 가는 길 모두 험하다
밖이라고 하는 것은 또다른 세계의 안
안팎에서 생명 하나 바둥거릴 뿐이다

* 개구멍바위: 속리산 문장대 하강길에 나타나는 바위 벼랑들 사이, 개구멍 같은 곳을 기어나와야 하는 곳이 몇군데 있다. 설악산·북한산 등 우리나라의 바위산들에 이런 곳이 많다.

손 들어도 달아나기 일쑤인 자동차를 기다리며

내가 걷는 백두대간 122

나는 안에서 밖을 내다보는 것보다
밖에서 내가 풍경의 한 점이 되는 것을 좋아한다
축제가 무르익는 복판에서 춤추기보다는
높은 데서 벌판에서 또는 변두리 외진 데서
먼발치로 그것들을 바라보는 것이 더 즐겁다
예전에는 나도 중심에 섞이어
함께 흐르는 길을 좇아 달려갔는데
이제 어느덧 물러나와 외톨이가 되었다
산을 닮아 이리저리 흔들리지 않으므로
밖에서만 떠돌아 구경거리가 많고
이렇게 저들의 희로애락 들여다보는 내가
나는 그런대로 좋다
굽이굽이 큰 봉우리들 넘어
밤티재 신작로에 내려섰다
더 가고 싶어도 오늘은 이만치에서 그만

* 밤티재: 속리산 북동쪽 끝자락에 있는 충북 괴산과 경북 상주를 잇는 도로 가운데의 고개.

영동할미가 루사를 몰고 왔다

내가 걷는 백두대간 123

바람 분다 아비의 노여움이다
까닭도 모르는 주검들 이마 위에 손을 얹고
부릅뜬 눈 감겨주고
일어서서 깊은 한숨 토해낸 다음
땅 위를 이리저리 휩쓸고 다닌다
나뭇가지를 부러뜨리고 돌을 날린다

바람 분다 어미의 서러움이다
숨어서 흐느끼는 소리들 구천에 닿아
더 큰 울음을 만들어 내려와서
매섭게 산을 때린다
산은 소리 질러 저를 터뜨리고
뿌리째 소나무를 눕혀버린다

바람 분다 할미의 주름살이다
그 고랑마다 원한이 깊어 비를 쏟는다
나뒹굴어진 내 몸을 나도 어떻게
일으키거나 추스릴 수 없다

엎드려 잠시 숨을 고르고
저 너그러움 기다릴 수밖에

* 영동할미: 충북 영동 일대는 예부터 바람이 많은 곳으로, 바람의 신(神)인 '영동할미'에게 제사를 올리는 풍습이 있어왔다.

십자고개

내가 걷는 백두대간 124

고개는 낮은 곳에서 길을 잡아 나를 이끈다
처음부터 제 머리를 치켜드는 법이 없다
내 걸음걸이 더디게 되면서부터
자꾸만 산 뒤편으로 저를 감춘다
땀방울들 하나씩 흙에 떨어질 때마다
고개는 성깔을 드러내어 된비얄을 만든다
버려야 할 것들 모두 버린 다음에라야
나도 마루에 올라 가쁜 숨 몰아쉰다

고개가 높은 곳에서 길을 잡아 나를 끌어내린다
저어 아래 저를 꿈틀거리면서 금세 사라진다
살아오고 살아갈 길이 저런 숨바꼭질을 닮았는지
아니면 큰 파도 일렁임인지 알 수 없다
편안함이란 잠시 힘을 빼고 내려가는 것
내려온 만큼 다시 올라가야 할 산 쳐다보인다
낮은 길이 좌우로 퍼질러 앉아서
자동차들도 넘나들거나 쉬어 가는 곳이 되었다

나도 이쯤에서 주저앉아 뒷사람 기다리기로 한다
아래에서 올라오거나 위에서 내려오거나
여기서는 누구나 발걸음들 멈추어 저를 돌아본다
몸과 넋이 따로 잘 노는 것 보인다
눈시울 붉히며 네거리 돌아서던 사람도
다시 찾아야 할 고향마을도 또렷하게 되살아난다
고개가 가는 대로 나는 걸어
땀방울 맑게 빛나는 길로 들어서야 한다

* 십자(十字)고개: 고개는 보통 산봉우리와 산봉우리 사이의 안부(鞍部)에 있기 마련이다. 이쪽에서 저 산 너머로 가기 위해서는 낮은 데서부터 올라가 고개를 넘어야 하고, 능선길로만 걷는 종주대는 산봉우리에서 내려가야 고개를 만나게 된다. 백두대간 마루금에는 이런 십자고개가 많다.

* 된비알: 힘겨운 비탈.

청화산인의 말씀을 거꾸로 받아들이다

내가 걷는 백두대간 125

마음과 몸을 자주 산수에 붙이지만
숨어 살거나 세상 피해가자는 노릇이 아니다
내가 사는 서울 성산동에서는
고층 아파트들이 들어서서 내 방을 기웃거리더니
산에서도 전화소리들 따라와서 내 갈 길 머뭇거리게 한다
내 집에서 쳐다보는 하늘 넓지 못하고
해와 달과 별빛 밝게 비치지 않는데
그래도 내 오래된 집이 살 만한 곳이라고 여기며 산다
배우지 못한 사람들 가끔 싸우고 시끄러워도
세상 쪽으로는 문을 열고
마음이 가는 고요함 쪽으로는 문을 닫아
내 몸을 시장 바닥이거나 진흙탕 속에
내버려두는 것이 나는 즐겁다
아무런 근심걱정 생각할 것이 없는 곳
사람마다 다툴 것이 없는 곳
그런 데가 과연 있겠는가 생각하며 산길을 간다
우복동이 저어기쯤 될까 내려다본다

* 청화산인(青華山人):『택리지』의 저자인 이중환(李重煥 1690~1752)의 아호. 스스로를 청화산인이라 한 것으로 보아 청화산(경북 상주와 충북 괴산 경계에 있는 산. 해발 984m) 부근에서 살았거나 이 산에 애착이 많았던 것으로 짐작된다.
* 우복동(牛腹洞): 전설적인 이상향으로 알려진 곳. 청화산 동쪽 시루봉 아래에 있다고 한다.

서서 밥 먹는 나를 굴참나무가 보네

내가 걷는 백두대간 126

능선 길 이쪽과 저쪽이 딴 세상이라
이쪽 비탈에서는 바람 잔잔해 몸들 추스르지만
저쪽에서는 바람 사나워 몸들도 밀려간다
나에게 등 기대고 떨면서 밥 먹는 사람아
안됐기는 하지만 그래도 좋은 시절이다
오십년 전에도 내게 기대어 밥 먹는 사람들
많이 보았어 나도 무서워 머리털이 쭈빗거렸지
태어나서 처음으로 나무들도
사람과 함께 눈물 콧물 울음 우는 것을 보았어
세상천지 온통 눈보라 휘몰아쳐 앞이 어둡고
나도 부러질 듯 쏠렸다가 일어서고
허기져서 더 나아갈 수 없었던 사람들
그만 아무렇게나 나무기둥에 저를 맡겨
주먹밥 먹는 사람들 나는 보았어
지금은 차라리 아름다운 식사시간이라
쫓기지 않아도 되고 총알 튀기지 않아도 되는
서서 먹는 밥이니까

제3부

돌마당 식당 심만섭 씨

내가 걷는 백두대간 127

그이는 밥값 방값은 셈을 쳐서 받는데
우리들 태워다주는 찻삯은 받지 않는다
우리는 그이의 집에서 가깝게 또는 멀리 솟아 있는 산들을
찾아 오르기 위해 기차를 타고 가다가도
문득 그이에게 휴대전화를 하고
밤길에도 그이의 승용차를 불러 타고
그이의 민박집에 와서 술 밥 먹고 떠들어댄다
아직 캄캄한 새벽
눈 비비는 그이를 깨워 밥 차리게 하고 도시락 싸고
또 그이의 차를 타고 산 들머리까지 간다
고통의 어떤 나이테도 드러나지 않아
나무처럼 안으로 새겨가는 사람이다
이 산골짜기 들어와 사는 일이 행복하다고 말하지만
그이의 젊은 한시절 막장 인생
석탄가루로 범벅한 얼굴 나에게 보인다
고갯마루에 올라서자 험한 산길 안개 낀 갈림길
조심하라고 일러준 다음
손 흔들며 차를 몰고 내려가버린다

함박눈 내린다

* 돌마당 식당: 경북 문경시 가은읍 완장리 벌바위 마을에 있는 식당 겸 민박집. 심만섭 씨(58세)는 이 식당 주인으로, 대간 산행을 하는 산꾼들에게 많은 도움을 준다.

대야산 내려가며

내가 걷는 백두대간 128

나이 들어갈수록 대소사 많아지는 것이
자질구레한 쓰던 것들 버리지 못하는 것이
아무래도 이름없는 고만고만한 산봉우리들
모두 넘어가야 하는 내 팔자 같아 혼자 버겁다
문병하고 문상하고 넥타이를 고쳐 매고
돌잔치 친목계 동창회 어쩌다가 수상식 출판기념회
이런 데 가는 것이 왜 갈수록 고달파지는지
왜 갈수록 쓸쓸해져서 먼저 발길 돌리는지
나도 나를 잘 몰라 몸 휘청거린다
예전에는 산도 나와 한몸임을 알았는데
요즘은 이빨처럼 생겨 덤벼드는 산들 무서워라
하얀 이빨 아니라 검게 솟은 침묵의 아가리
내 가슴은 어느덧 공동(空洞)이 되어
사랑을 삼키고도 덤덤하구나

버리미기재

내가 걷는 백두대간 129

고갯마루에 내려서니 어느덧 눈발은
빗줄기가 되었다 다 젖어서 쓸쓸한 마음들이
굴다리 밑으로 내려가
각자의 쓸쓸함을 버너 불에 말린다
산도 어쩐지 서먹하고 산에서 만난 사람들도
모두 낯설다 그런데 이 낯선 것들이
왜 자꾸 말문을 트게 만들까 영재는 남의 술병을 들어
제 것인 양 나에게 권하고
뜨신 국물에 밥까지 얻어 말아 먹는다
모르는 사람들과 잘 어울리는 것이 아름답다
굶주림과 추위가 사람 사는 마을을 떠나
이 고개에까지 올라와서
어린시절 아버지 말씀 죽비소리로 내린다
느그덜 벌어 멕이느라 등골이 휜당께
그렇게 돌아 나가시는 아버지의 처진 어깨가
지금 나에게 이르러 내 고단함이 되었구나
손을 들어도 자동차들은 씽씽 지나쳐 가버리고
나는 고개 위를 어슬렁거리면서

먹이 물어다 주는 아비 새처럼 바빠짐이여

* 버리미기재: 경북 문경시 가은읍과 충북 괴산을 연결하는 도로상의 고개 이름. '벌어서 먹이기'의 경상도 사투리가 '버리미기'로 된다. 이 일대에 참나무가 유난히 많아 옛날에는 숯가마와 도자기 가마가 있었다고 한다.

슬그머니 사라져버린 길

내가 걷는 백두대간 130

옛사람들 안팎등짐 지고 가던 길
오늘은 내가 가벼운 배낭 메고 오른다
옛사람들 삶을 따라 뼈빠지게 오르던 길을
오늘은 나도 그대로 밟아 가기로 한다
몸은 가벼워도 역사가 채워진 길은 항상 무겁다
쌓인 눈 위에 생솔가지 몇개 끊어 얹고
그 위에 너덜너덜 담요 깔아놓고
몸 구부려 잠으로 빠져들었던 젊은이들
왜병에 쫓기던 의병들 동학군들
모두 이 길을 다져
오늘은 나를 손쉽게 오르게 한다
오르락내리락을 몇차례 하다보니
그들이 갔던 길 어느 사이 지워져서
여기도 거기 같고 거기도 여기 같아
슬그머니 사라진 길 내 찾지 못한다

* 안팎등짐: 집을 나설 때나 돌아올 때 모두 무거운 등짐을 지는 일.

은티마을

내가 걷는 백두대간 131

멀찌감치 산들이 사방으로 에워싸
마을과 들판을 들여다보므로
여기 사람들은 무엇 하나 감추지 못합니다
햇볕에 사과 익어가는 소리 눈부셔
사과 따가지 마세요 표지기 하나
저 혼자 실눈을 뜨고 흔들거립니다
마을 입구 남근석이 내다보이는 주막에서는
산꾼들도 저마다 흥에 겨워 열을 내다보니
저절로 땀 젖은 옷들 말라버립니다
여기서는 바람도 흰 웃음 참지 못하여
너울너울 춤을 추며 갑니다

* 은티마을: 충북 괴산군 연풍면에 있는 마을. 시루봉·희양산·구왕봉·주치봉 등에 에워싸인 마을이지만 양광(陽光)이 풍부하여 아늑한 느낌을 준다.

희양산 일기

내가 걷는 백두대간 132

이름 모를 고개에 내려서니 오른쪽으로 통행금지 푯말이 보인다 통나무와 삭정이를 쌓아놓고 길을 막았다 세상으로 내려가는 길 지금 내가 가야 할 길 아니므로 그냥 지나쳐서 된비알을 또 올라간다 봉우리를 넘어 한참 가다보니 은티재 산중 네거리다 오른쪽 골짜기 내려가는 길이 또 막혀 있다 나와는 상관없는 일이지만 가까이 가서 막힌 까닭을 읽어본다 스님들 공부하는 절이 있어 이곳으로 내려갈 수 없다는 명령조의 푯말이다 고개를 천천히 끄덕이면서 구왕봉 정수리를 향해서 간다 숨은 헉헉거리는데 생각이 비수처럼 가슴을 찌른다 공부는 시끄러움 속에서라야 되는 것 아닌가 가장 깊고 높고 넓은 공부는 세상 밑바닥에서 얻어지는 것 아닌가 다 올라왔다 싶었는데 아니다 저만큼 높은 곳이 보인다 널따란 마당바위 쉬어 가기에 좋은 곳이다 공부가 힘들고 어려울수록 마음은 이렇게 넓어지는 것 아닌가 원효는 시정 잡배들 속에서 함께 뒹굴어 깨우치지 않았는가 구왕봉 넘어 전망대 바위에 선다 내려다본다 건너쪽 흰바위 뒤집어쓴 희양산이 나와 견주어서 나를 부른다 아 빛남은 다른 데에 있고 또 다른 데에 더 많이 있음을 알겠다 지름티재 내려서니 돌무덤 표지기 오른쪽으로는 또 길을 막았다

작은 산이 큰 산을 가린다

내가 걷는 백두대간 133

작은 산이 큰 산 가리는 것은
살아갈수록 내가 작아져서
내 눈도 작은 것으로만 꽉 차기 때문이다
먼데서 보면 크높은 산줄기의 일렁임이
나를 부르는 은근한 손짓으로 보이더니
가까이 다가갈수록 그 봉우리 제 모습을 감춘다
오르고 또 올라서 정수리에 서는데
아니다 저어기 저 더 높은 산 하나 버티고 있다
이렇게 오르는 길 몇번이나 속았는지
작은 산들이 차곡차곡 쌓여서 나를 가두고
그때마다 나는 옥죄어 눈 바로 뜨지 못한다
사람도 산속에서는 미물이나 다름없으므로
또 한번 작은 산이 백화산 가리는 것을 보면서
나는 이것도 하나의 질서라는 것을 알았다
다산은 이것을 일곱살 때 보았다는데
나는 수십년 땀 흘려 산으로 돌아다니면서
예순 넘어서야 깨닫는 이 놀라움이라니
몇번이나 더 생은 이렇게 가야 하고

몇번이나 더 작아져버린 나는 험한 날등 넘어야 하나

* 작은 산이 큰 산을 가린다: 다산(茶山) 정약용(丁若鏞)이 일곱살 때 지었다는 한시 '소산폐대산 원근지부동(小山蔽大山 遠近地不同)'에서 빌려옴.
* 백화산(白華山): 경북 문경시와 충북 괴산군 경계에 솟은 산. 해발 1065m.

생명

내가 걷는 백두대간 134

산새 한 마리 늦잠 자고 날아와서
우리가 저만치 눈 위에다 버린
라면 찌꺼기 쪼아먹는다
금세 두세 마리가 더 찾아와서
바쁘게 눈밭을 헤집고 다닌다
엄동설한 즈그덜도 살아야 하니까

문득 내 어린시절 생각난다
취나물 뜯으시던 할머니 말씀
산에 많다고 다 없애버리면 안돼
내가 키운 것도 아닌데
이만큼만 뜯어야지
즈그덜도 살아남아야 하니까

무슨 사연들 쏟아부어 새재를 만들었네

내가 걷는 백두대간 135

곱게 분바른 얼굴 같은 길이다
험한 벼랑 내려오느라 땀 흘린 만큼
이번에는 편안함이 나를 반기는구나
주흘과 부봉이 힘줄을 세워 굽어보고
주름 가파른 치마바위도 눈이 부시다
저 많은 절박한 생들은 어디로 갔는지
저 한숨들 잠재워 산은 제 가슴을 쓸어내렸는지
새 세상을 찾아 힘들여 넘었다는 길이
오늘은 너무 잘 닦여서
겨울도 햇볕 아래 노닥거리며 간다
활빈당 무리들이 숲에 숨어 눈을 밝히고
허균의 어린 아들 이 고개를 넘어 도망길을 재촉했다
임진년 관군들도 백성들도 의병들도
돌배와 연이도 이강년도
이 고개 넘나들며 흙에 피를 보태었다
역사는 비록 지금 관광명소로 남았지만
좌우 숲에서는 느슨하면서도 팽팽한 긴장이
내 온몸을 감전처럼 흐른다

* 주흘과 부봉: 경북 문경시 북쪽에 있는 주흘산(主屹山)과 부봉(釜峰).
* 돌배와 연이: 신경림 시인의 장시 「새재」에 나오는 주인공들.
* 이강년(李康秊, 1858~1908): 구한말의 의병대장.

토끼비리

내가 걷는 백두대간 136

벼랑 위로 걷는 일이 처음 아니지만
웬일인지 이 길에서는 내 꿈의 내음이 난다
헤매고 상처받던 젊은 나날들이
어느새 여기 와 굳어져서 색다른 내 몸이 되었다
두려움도 때로는 마음을 가다듬고 몸을 추스르는
약이다 마음이 한발 한발 그리움을 따라가고
몸은 조심스럽게 더운 떨림을 따라간다
내 꿈은 아직도 날개를 접지 못해 떠돌고
되돌아 자꾸 바라보는 일만 되풀이한다
벼랑길 나아가는 일 가늠할 수 없고
내 시의 길도 아직 험하고

* 토끼비리: 토끼가 다니는 벼랑길. '비리'는 '벼랑(낭떠러지)'을 뜻하는 문경 지역 방언. 왕건의 부대가 험준한 백두대간(조령산·마폐봉·부봉)에 길이 막혔는데, 벼랑 위로 토끼가 가는 것을 보고 그 길로 산을 넘었다고 한다.

꿈틀거린다

내가 걷는 백두대간 137

하늘재 너른 터에 웬 승용차 서너 대
올라와 서서 사월 햇살로 저를 번득거린다
갓 돋아난 풀꽃과 바람과 밭고랑이 두루 다 편안하다
내 몸의 세포들도 저절로 문을 열어
이 가득한 손님들을 맞아들인다
왼쪽은 옛길이어서 물기 머금은 땅 부드럽고
오른쪽은 포장도로 자본이 힘줄을 곤두세웠다
충북과 경북이 이렇게 만나
서로 다른 세상으로 가지런하다
미륵리와 관음리 미래와 현세가
함께 드러누운 고개 시간의 경계이면서
모든 경계를 속 깊이 묻어버린 고개
이천년 전이 보이고 오늘이 보이고
오십육억칠천만년 후가 보이는 곳에서
내 야성의 유전자 하나 꿈틀거린다

* 하늘재: 충북 충주시와 경북 문경시 사이 백두대간을 넘어가는 고개. 신라 때 열렸으며 우리나라에서 가장 오래된 고개이다. 고개 북서쪽으로 미륵리 절터가 있고 남쪽으로 관음리 절터·가마터 등이 있다.

윤광조가 만든 코딱지 산들

내가 걷는 백두대간 138

그대가 코딱지로 산을 그려 구워냈다는 분청사기
포암산 정수리에 올라와보니 과연 그대로일세
내가 걸어왔던 저 많은 산봉우리들
내 책상 위에 놓인 그대 사기그릇 문양 그대로일세
물레 돌 때마다 그대 외로 도는 목줄기
초벌구이에 성냥으로 나뭇가지로 쇠붙이로 무엇으로도
안되었던 첩첩 산들의 넓이와 깊이와 높이
"형님 코딱지로 해보니까 됩디다"
부드럽지도 않고 딱딱하지도 않는
물도 아니고 몸도 아니고
아무튼 별것 아닌 것이 저렇게 저
굽이굽이 물결치는 산들 골짜기 능선 하늘
모든 우리나라를 만들어놓았구나
관음리 옛 막사발 가마터는 구경하지도 못하고
나는 서둘러 집으로 돌아왔다
그대가 만든 산들이 저만치서
내 몰골 기웃거리는 것을 나도 물끄러미 보네

* 윤광조(尹光照): 분청사기로 널리 알려진 중진 도예가.
* 포암산: 충북 충주시와 경북 문경시 사이에 솟은 바위산. 해발 962m.

나를 숨긴다

내가 걷는 백두대간 139

우지끈 뚝딱 마른 나무들 부러뜨려놓고
멧돼지 식구가 조릿대 숲으로 저를 숨기듯이
나도 산에 들어 나를 숨긴다
내 정신의 맑지 못함도 들키지 않아
숲속에서 비로소 눈을 비빈다

더덕 한뿌리를 슬퍼함

내가 걷는 백두대간 140

밥 먹는 자리 저만치에서 문득 너를 보았다
지난해 몸통을 왜 버리지 못하고 새봄에도
희뭍그레 사그라져 내 눈에 띄었더냐
그 가까이에 너의 다른 몸 새로 태어나 초록 연한 잎줄기
남에게 기대거나 휘감아서 피어 올랐더냐
삶도 사랑도 무엇엔가 기대지 않으면
홀로 서기 어려워 휘청거리는 것
아무리 애태워도 볕에 바래고 바래져서
삭아 부서질 수밖에 없는 네 몸뚱어리
바람으로 먼지로 또는 내음으로 사라질 뿐
네 뿌리 캐내어 내 지저분한 손톱으로 껍질 벗기고
아그작 싸그작 씹어 삼키는 이 몰골
탐욕이 아직 집을 비우지 않았으니
죄스럽고 슬프고 또 그게 그렇구나

무정한 총알이 내 복숭아뼈를 맞혔네
내가 걷는 백두대간 141

그가 태어나고 또 죽어 묻힌 산기슭을 지나왔다
오늘은 그의 수많은 싸움터가 된 이 산줄기
어디쯤에서 총 맞아 쓰러졌을
바위 날등 조심스럽게 돌아나간다
도망가는 관찰사 붙잡아 목을 베고
농암장터에 효수했던 의병장 이강년
나라가 다 되었으니 사대부도 일어서서
총칼을 집으라고 외쳤던 그가
오늘은 황장산 등성이에 척왜 · 토왜를 불러내서
우리 가는 길에 격문으로 퍼덕인다
“무정한 총알이 내 복숭아뼈를 맞혔네
차라리 심장에 맞았더라면 욕보지 않고 죽었을 것을”
힘이 없어도 뜻은 더욱 하늘을 찌르고
총칼을 빼앗겼어도 말씀은 적의 간담 서늘케 했구나
그가 죽음을 찾아 달려갔던 길
나는 살기 위해 더듬거리며 간다

* 무정한 총알이… : 항일의병장 이강년이 전투중 발목에 부상을 입고 붙잡혔을 때의 심경을 토로한 시 '환자태무정 와상족불행 약중심복양 무욕도요경(丸子太無情 臥傷足不行 若中心腹裏 毋辱到瑤京)'에서 차용.
* 황장산(黃腸山): 경북 문경시 동쪽에 있는 산. 작성산(鵲城山)으로도 불린다. 해발 1077m.

제일연화봉

내가 걷는 백두대간 142

소백산은 그 이름부터 겸손하지만
사람이 발을 들여놓으면
언제나 편안하게 저를 보여주지는 않는다
힘들수록 욕설이 자주 튀어나오는 영재가
오늘은 얌전해졌다 말없이 눈보라와 싸우며 간다
일초스님이 연화봉 아래 어느 토굴에서 정진하다가
홀연 깨달아 산을 내려갔다는 사연과
주세붕이 어머니 머리에 자기 머리를 맞대어
머릿니를 옮겨 받았다는 이야기가
나를 자꾸 눈물콧물 흐르게 한다
싸래기눈 내 눈을 때려 앞을 잘 못 보고
세찬 바람에 떠밀려서 나도 몸을 가누지 못한다
바람이 으르렁거리며 내려가라는
길을 거슬러 높은 곳으로
한 발자국 두 발자국 나를 밀어올린다
서어엉 배고파서 못 가겠소
영재가 나무 계단에 주저앉아버린다
그의 어깨를 다독거리면서

칠십년대 초 내 어깨를 다독이던 선배 시인
그 무교동 도라무통 막걸리집이 겹쳐진다
부드럽고 크넓은 마음을 가진 사람도
때로는 이리 매서운 산을 만드는구나

* 제일연화봉: 소백산 주능선상에 있는 산봉우리의 하나. 해발 1394m.
* 일초(一超): 시인 고은(高銀) 씨가 불가에 있을 때의 법명.
* 주세붕(周世鵬 1495~1554): 조선 전기의 문신·학자. 풍기군수·대사성 등을 지냈으며, 어릴 때부터 효성이 지극했다고 함.
* 서어엉: 형(兄)의 전라도 말.

우두커니

내가 걷는 백두대간 143

감나무 가지 사이를 어렵사리 달려온 달빛이
내 책상머리에 떨어져 파득거린다
아파트 숲과 새로 지은 연립주택들을 돌아오느라고
몹시 지쳐 창백한 얼굴이다
늙은 내가 달밭골에서 어린시절의 나를 만나
무엇에 홀린 듯
풍기까지 함께 걸어 내려갔던 적이 있다
내 좁은 방에 들어온 파리한 소년이여
이것만 해도 고맙고 곱구나

* 달밭골: 소백산 비로사 동북쪽으로 달밭골이라고 하는 아늑한 작은 마을 두 곳이 있고, 달밭재라는 이름의 고개도 있다.

김삿갓에 새삼 조바심 생겨

내가 걷는 백두대간 144

산은 솟았다가도 내려가서 고개 숙이고
더 내려가서는 아예 숨을 죽인다
가만히 엎드려 있어 내 가는 길 조심스럽고
때로는 무릎 꿇고 앉아 눈 똑바로 떠 쳐다보므로
내 한시절 부끄러움도 죄가 되어 두려워진다
늘 지고 사는 사람이 꼭 산과 같아서
나를 조바심 나게 하는데
그가 묻힌 영월 상동 태백 어간으로
걸어가면서 나도 솟구칠 일 없음을 알겠다
오늘은 그를 따라
챙이 큰 모자 하나 눌러쓰고
들머리에서 주운 나무지팡이 짚고
양백지간에 쏟아지는 햇살과 하늘
나도 가리면서 간다

* 김삿갓: 본명은 김병연(金炳淵 1807~1863). 조선시대의 방랑 시인. 전남 동복에서 숨지고 강원도 영월군 의풍면 태백산 기슭에 묘소가 있다.
* 양백지간(兩白之間): 소백산과 태백산 사이를 말하는데, 천혜의 복지로 알려져 있다.

겨울 호식총 하나가

내가 걷는 백두대간 145

태백산 반재 턱 밑 양지바른 곳에
눈 뒤집어쓴 호식총 하나 고즈넉합니다
겨울이 깊게 내려앉아 곧 떠날 채비 같습니다
식칼도 떡시루도 눈에 묻혀 잠잠한 것이
오히려 그 안에서 더 요동치는 소리로 들립니다
귀신들도 언제나 탈출을 꿈꾸지요
살아 있는 것들은 모두 피를 흘리지만
살아 있는 것들은 또한 그 발걸음으로
이녁 상처를 다독거리며 갑니다
저기 저 완벽하게 혼자가 된 북곽선생이
얼굴 가린 채 줄행랑치는 모습 보입니다
나도 저렇게 살아오지는 않았나 돌아보면서
부끄러움들에 내 발자국 찍게 됩니다
사라지는 것들은 눈으로만 보이지 않을 뿐
마음에서는 불에 덴 흉터처럼
두고두고 지워지지 않습니다
된비알을 올라가면서 그것들은 어느 사이
내 숨소리로 가쁘게 터져나와

나를 더 복받치게 합니다

* 호식총(虎食冢): 호환(虎患)을 당한 사람의 무덤.
* 반재: 태백산 중턱에 있는 고개 이름.
* 북곽선생(北郭先生): 박지원의 『열하일기』 「호질」편에 나오는 이중인격의 선비 이름.

태백산 숯가마

내가 걷는 백두대간 146

엿새 동안 저를 불태우고 나서
벌건 불덩어리인 제 몸을 하루 동안 식히고 나서
마침내 검게 굳어진 참나무 숯덩이들이
서로 부딪칠 때마다 맑은 쇳소리를 낸다
아 이것이 어찌 사람의 일이 아니라고
다만 나무가 가는 길이라고 말할 수 있으랴
불에 몸을 맡겨 스러져간 젊음의 길이 꼭 이와 같고
그들이 죽어 이 나라를 불 밝힌 일이
꼭 참숯이 가는 길과 닮지 않았느냐
금줄에 꽂혀 궂은 것들을 물리치고
간장 독에 떠서 온갖 벌레들 얼씬거리지 못하게 하고
더럽혀진 땅과 공기에 무슨 영험을 보태어
풋풋한 생명이게 하고
요즘에는 숯사우나라는 것이 생겨
내 못된 찌꺼기를 버리느라 나도 땀을 흘리고

비틀거린다

내가 걷는 백두대간 147

높은 된비알 땀방울 떨어트리며 오르는데
배낭에 넣어둔 휴대전화가 울린다
안 가져와야 하는데 가져왔구나
잠시 멈춰 서서 숨 한번 몰아쉬고
전화를 받는다 먼 나라에서 온
생은 갈수록 놀랍고도 서글퍼서
다시 걷는 발걸음 비틀거린다
어쩐지 산들이 자꾸 빙빙 도는 것 같아
굴참나무 울퉁불퉁한 몸 붙들고 서서
잠시 눈을 감는다
산에서도 속물이 되어 노파심만 늘어가는구나
초탈은커녕 인연에 주저앉아버리지 않았는가
사람은 한번 가면 흙밥이 되고
나무들은 이파리들 떨어트려 저를 다시 살리네

제4부

비로소 길

내가 걷는 백두대간 148

새것은 어느 사이 헌것이 되어버린다
슬그머니 바래지거나 꼴불견이 된다
소위 새로운 시라는 것도 흐지부지
안개 속에 황사바람 속에 떠돌다가
다음날 아침의 명징! 온데간데가 없다
그러므로 이것은 소통이 아니다
나는 사십년 전에 읽은 시가 지금 너무 새로워
몸이 떨린다 산에 들어가는 것처럼
새로운 길은 다음 사람들이 그 길로
더 많이 다녀야 비로소 길이다
닳고 닳아도 사그라지는 법이 없다

대간이 남의 집 앞마당을 지나가네

내가 걷는 백두대간 149

빈집인지 사람 사는 집인지 알 수 없다
토방 위에 놓인 빛바랜 운동화 한 켤레 슬깃 보며
좁은 마당 가로질러 산으로 들어간다
신새벽 곤한 잠 깨워서는 안되므로
발걸음 가벼이 말소리는 더욱 참고
산으로 들어간다 바로 오르막이다
운동화 주인 얼굴 볼 수 없었지만
내 마음속 한 켤레 그림은
오래 지워지지 않을 농업의 뒷모습이다
대간은 이렇게 두루 사람들 보살피느라
높낮이가 없고 차별을 두지 않는다

장성터널 위를 걷는다

내가 걷는 백두대간 150

은대봉 내려가는 눈밭 길에
봄이 또박또박 올라오는 소리 들린다
아름다운 풍광이 가르쳐주는 것은
아픈 역사가 깊을수록 생명은 더 끈질기다는 것이다
이 산 아래 사북과 황지를 잇는 터널이 뚫리고
석탄 가득 실은 기차가 달리고
한숨과 노여움과 함성이 치솟았다
하루 삼교대 막장에서는
진폐가 입을 벌려 더 많은 탄가루를 삼키고
지열과 땀은 뒤범벅이 되어 사람의 진을 빼버리고
피워 문 담배 한모금에도
내장이 뒤틀려 칵칵거렸다
계곡 물빛을 검정 크레용으로 색칠한 아이들은
도화지를 거둬들이는 선생님이
왜 흐느끼고 있는가를 알지 못했다
버림받은 사람들도 한 생각으로 뭉치면
나라가 온통 들썩거렸다 뜨내기들은
더이상 오갈 데 없는 사람들이 아니었다

여기가 고향이었다
두문동재에 내려서니 햇살과 마른 풀들이
바람을 좇아 달려간다
막장으로 드나들던 자리에 세워진 강원랜드
카지노의 불빛을 먼발치로 보며
나도 기차를 타고 돌아가야 한다

* 장성터널: 우리나라에서 가장 긴 터널(4505m)로, 태백과 고한 사이에 있다.
* 은대봉: 함백산 북쪽 산봉우리. 해발 1442m. 장성터널이 이 봉우리 아래를 지난다.
* 두문동재: 은대봉과 금대봉 사이의 안부. 싸리재라고도 한다.

진달래 꽃빛 같은 통증이

내가 걷는 백두대간 151

조심스럽게 금대봉을 오른다
힘줄 늘어난 오른쪽 무릎을 걱정하다가
보름 만에 다시 찾은 산길이다
천천히 걷는 발걸음에 잔잔한 바람 머물다 가고
햇살이 동쪽 나뭇잎새 사이로 찔러오는 모습 보인다
자그마한 풀꽃들은 웬일인지 바그다드에서
퍼덕이면서 숨져간 아이들 옆얼굴 같다
세계의 노여움이 지금 이 꽃방석 길에 펼쳐져서
나를 노려본다 나는 무릎 통증을 잊어버린다
바그다드에서 두 팔을 잃은 아이가
내 앞에 가로누워 외치고 있다 아비규환이
고요한 산에 내려와서 나를 흔들고 있다
나는 어리석은 일들이 너무 많아서
나무 한그루 몸통도 함부로 붙잡아서는 안되겠다
나는 어떻게든 아무것도 손쓸 수가 없다
매봉산 정수리에 앉아 세상을 되돌아본다
부드러운 하늘금 멀리 태백까지 이어져
우리나라 살아온 길 왜 저리 잘 보이느냐

그늘 한 점 없는 고랭지 채소밭 끄트머리에서
오고 가는 봄을 붙잡아 잠시 나를 눕힌다
진달래 꽃빛 같은 통증이 무릎에 온다

* 금대봉: 태백시와 삼척시 사이에 있는 산. 해발 1418m.
* 매봉산: 일명 천의봉. 해발 1303m. 이 산에서 낙동정맥이 백두대간과 갈라져 나간다.

기쁨

내가 걷는 백두대간 152

살아갈수록 버릴 것이 많아진다
예전에 잘 간직했던 것들을 버리게 된다
하나씩 둘씩 또는 한꺼번에
버려가는 일이 개운하다
내 마음의 쓰레기도 그때 그때
산에 들어가면 모두 사라진다
버리고 사라지는 것들이 있던 자리에
살며시 들어와 앉은 이 기쁨!

표지기를 따라

내가 걷는 백두대간 153

나는 기막힌 풍경에 감동하기보다는
앞서간 사람의 흔적에 더욱 가슴이 뛴다
산으로 가는 것은 풍경에 탐닉하는 것이 아니라
먼저 이 산 오르내렸던 사람들
시방 나와 함께 땀 흘리며 걷는 사람들
앞으로도 이 산 올라가야 할 사람들
그 사람들 가슴속 불덩어리 읽어보며
걷는 일이다 이것이 나를 키운다
온갖 푸나무 꽃 새 바위 아름답지만
산에 드는 사람들 사연이 더 나를 울린다
사람들이 나뭇가지에 매달아놓은 표지기들
울긋불긋 그것들이 나를 멈추게 하고
엉뚱한 곳으로 헤매기 일쑤인 내 발길
그것들을 찾아 비로소 마음이 놓인다
"분실물"이라고 쓴 것은 나를 잃어버렸다는 뜻인가
되찾았다는 뜻인가
"아빠와 함께 추억을" 만든다는 것도 보이고
"널 위해 준비했어"도 나를 뭉클하게 한다

"유아독존" 부처님도 이 길을 갔을까
"백두산 가는 길"도 틀리지 않았다
흔적 없는 발자국들 쓰러져 흙이 된 젊은이들
오늘은 저리 많은 진달래 산천으로 불타는구나

* 진달래 산천: 신동엽(申東曄, 1930~1969)의 시 「진달래 산천」에서 차용.

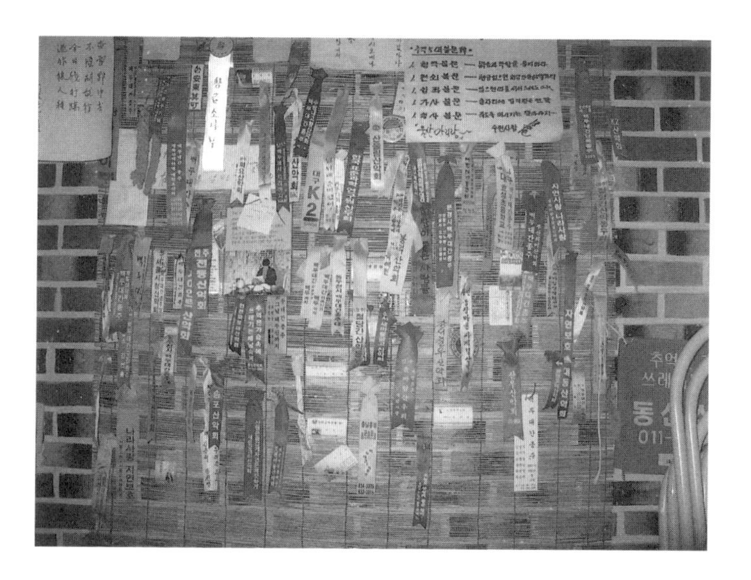

연칠성령

내가 걷는 백두대간 154

피가 물웅덩이에 고여 피쏘가 되고
화살이 많이 떠내려와서 살천이 되었다
역사라는 것이 이렇게 고이거나 흘러가거나
사람들 입을 다물게 해도
새로운 이름들을 만들어낸다
임진왜란 때 있었던 일이라고 한다
지금은 핏물이 없고 화살도 내려오지 않는
아름다운 무릉계곡 거슬러 올라간다
내 땀방울도 이 물살에 떨어져 동해로 흘러갈까
피 눈물 땀 섞인 물 머금고 자라난 때문인지
내 등산화 바닥에 밟히는 참취 곰취 참나물
더덕 이파리 지천이어도 그대로 간다 밟히는 것들
모두 다시 일어서리라는 것을 알면서 간다
안 보이는 시간을 믿어라 깊은 밤 산천초목이
떨고 울고 살아나는 것을 믿어라
돌아온 생명은 더더욱 푸르나니

* 연칠성령(延七星嶺): 백두대간상의 청옥산과 고적대 사이의 고개. 효심이 지극한 연칠성의 구전설화가 있다.

내 살갗에 파고들어 서울까지 따라온 놈

내가 걷는 백두대간 155

자고 나니 왼쪽 귓바퀴에 사마귀가 돋아났다 아니 이럴 수가 밤 사이에 이런 것이 생기다니 만져보아도 별로 아프지 않고 거울을 보아도 머리털에 가려 잘 보이지 않았다 어저께 온종일 비 맞으며 잡목숲을 헤치고 걸었는데 그때 무슨 탈이라도 난지 몰라 병원에 가는 것을 미루다가 한주일을 넘기고 한라산 다녀와서야 피부과를 찾았다 사마귀 같은데요 수술해야 합니다 예약을 하고 사흘 후 수술을 받았는데 의사가 자꾸 고개를 갸우뚱거렸다 무슨 벌레 같기도 하고 이상한데요 맞아요 진드기일 겁니다라고 내가 말했다 살 속에 박힌 벌레의 미세한 발톱까지 모두 제거했다고 하면서 의사는 그 벌레를 거즈에 싸서 기념으로 주었다 내 피를 수혈받아 몸집이 불어난 진드기 시체였다 나는 그것을 한달쯤 내 수첩 사이에 끼워 넣고 다녔다 그걸 볼 때마다 산꾼 친구들에게 보여줄 때마다 내 살 속에서 살다 죽은 진드기놈이 무슨 피붙이 같아 짜안해졌다

자병산 안개

내가 걷는 백두대간 156

안개는 길을 숨길 뿐만 아니라
내가 꼭 보고 가야 할 것들을 모두 가린다
자병산이 어떻게 허물어져가는지
어떻게 피를 흘리고 신음하고 찡그리고 아우성치는지
어떻게 죽어가는지
아무것도 알 수 없게 모두 가려버린다
그러고 나서 저를 멈칫거리더니
쿵 쿵 하는 대포 소리와 덤프트럭 소리를 들려준다
내 어린시절 육이오 때 들었던 소리가
예순 넘어 산에서 또 들리는 까닭 무엇인가
산을 허물어뜨리는 소리 아닌가
나는 그해 오월에도 무엇 하나 볼 수 없었다
소문으로만 들리던 일들이
서울의 창밖에 내리는 빗줄기처럼
내 안으로 쏟아져 눈물만 삼킬 뿐이었다
안개는 보이는 것들뿐만 아니라
안 보이는 것들도 모두 숨죽이게 한다
노여움이나 기쁨이나 사랑 희망 따위도

모두 가려 나를 더듬거리게 한다

* 자병산: 강원도 강릉시 옥계면과 정선군 임계면 경계의 백두대간 마루금에 솟은 산. 해발 873m. 석회석 채광으로 많이 파헤쳐진 상태.

숨은 골

내가 걷는 백두대간 157

나이 들어서도 내 떠돌이는 멈추지 않았다
나는 아직도 그리움의 실체를 알지 못한다
바람이 제 길 따라 휘적휘적 가는 것을 보면서
아무도 밟지 않은 눈밭에 빠져 허우적거리다가
길을 찾거나 물을 만나는 이 기쁨이여

* 숨은 골: 강원도 인제군 기린면 진동리 단목령 아래의 골짜기로, 우리 종주대가 길을 잃고 헤매던 곳이다. 우리나라 산에는 이런 이름으로 불리는 골짜기가 적지 않다.

처음처럼

내가 걷는 백두대간 158

설악이 제 온몸을 드러낸다
온통 하얗게 불타올라 이글거린다
설악을 바라보는 것은 내가 아니라
점봉의 넉넉한 눈이다 아니
내 몸에서 빠져나간 내 영혼의 눈이
점봉의 가슴에 박혀 바라보는지도 모른다
안산 귀떼기청에서 대청 중청까지
하얀 산의 크나큰 동체가 꿈틀거린다
몇해 전 겨울이던가
대청에서 바라보였던 점봉이 또한 그랬다
나는 꿈에서도
그 산의 너른 품을 헤어나지 못했다
설악과 점봉이 서로 마주보며
손짓하는 것이 지금 처음인 것처럼

죽음의 계곡

내가 걷는 백두대간 159

우리나라 큰 산 깊은 골짜기마다 어디 죽음 아닌 곳 있었더냐 죽음을 무더기로 치운 다음에라야 산은 다시 고요해지지 않았더냐 설악에서도 좋은 이름은 다 남에게 주고 그대 혼자 이리 두려운 이름이 되어 지도에도 올랐구나 대청을 뒤로하고 가지 말라는 철조망 넘어 한참을 내려갔다 마가목 열매를 따는 약초꾼들을 보면서 평화는 상처가 여러 차례 덧나고 굳은살이 된 후에라야 온다는 것을 알았다 육이오 때 설악산 전투에서 산화한 저 수많은 착하고 여린 젊음들 육십구년 이월에는 훈련중인 산악인 열 명을 눈사태로 묻어버린 곳 희운각 대피소로 내려가는 길은 그대 숨죽이고 엎드려 있는 오른쪽으로 자꾸 눈길이 갔다 죽음이 이름을 만든다면 이 골짜기는 영생의 계곡이 되어야 할 터

* 죽음의 계곡: 설악산 대청봉(해발 1708m) 북쪽 아래의 계곡. 천불동 계곡의 발원이 된다.

오세암

내가 걷는 백두대간 160

백담 계곡을 끼고 올라가다가
내가 나를 물처럼 흘러 내려보낸다는 생각이 들었다
오월의 등줄기도 그렇게 떠밀려 흘러갔다
깊이 들어갈수록 나는 모두 흐르고 흘러서
내 빈자리에는 또다른 내가 들어와 있음을 보았다
이 길 오갔던 만해선생도 그랬을까
매월당은 또 어쨌을까
영시암 터에 우두커니 서서 잠시
흘러 내려가 사라지는 것들을 살피다가
다시 천천히 오르막으로 접어들었다
푸성귀 이파리마다 잘 뛰노는 햇볕이
마치 눈물방울처럼 나를 적시면서 떨어졌다
가파른 길 한참 올라 오세암에 이르니
절집도 불어나 옛 적요함이 사라졌다

청년 장교 리영희

내가 걷는 백두대간 161

마등령 가는 길은 언제 어디서나
처음부터 가파르고 험하고 멀다
팔십년대에 읽은 책에서 그를 만났었다
가슴 벌렁거려 밤새도록 몸을 뒤척였다
집에서도 사무실에서도 술집에서도 시도 때도 없이
슬픔이 떼로 몰려오던 시절이었다
이 길 오르내리기 몇차례인가
오색에서 한계령에서 백담사에서
혼자 설악동에서
겨울철에 오를 적에는 내가 그 사람이 된 것처럼
창근이 도강이 허리를 밀어주면서 또는
눈밭에 빠진 녀석들 잡아 일으켜주면서 갔다
오늘은 오월하고도 맑은 날
바람 한 점 없는 길을 천천히 해찰하면서 간다
오십년대 초 육이오 전쟁 때
신흥사 판각들을 쪼개 모닥불을 피우던 군인들과
이를 말리던 청년 장교와
이 골짜기를 졸면서 행군하다 떨어져 죽은 사병과

조심스럽게
흔적도 없는 그 죽음 천길 벼랑 내려다보고
속수무책 돌아서서 발길을 옮겨야 했던
그 청년 장교 생각하면서 간다
마등령 가는 길은 언제나
삶에는 지름길이 없이 오르락내리락의 되풀이
값을 치러야 한다는 것을 가르친다

* 리영희(李泳禧 1929~): 언론인, 전 한양대 교수. 『전환시대의 논리』『우상과 이성』『8억인과의 대화』『분단을 넘어서』 등 명저가 있다. 6·25 전쟁 때 입대하여 청년 장교로서 전쟁을 체험했던 이야기가 선생의 저서에 실려 있다.
* 마등령·오색·한계령·설악동: 설악산에 있는 지명.
* 백담사·신흥사: 설악산에 있는 절 이름.
* 창근이 도강이: 만고산악회 회원인 오창근 씨와 김도강 씨.

길이 나를 깨운다

내가 걷는 백두대간 162

문득 먼데 하늘 바라보다가
아무래도 안되겠다 싶어
주섬주섬 배낭을 꾸린다
허둥거리는 시간을 하나씩 잡아 포개어 넣고
끈을 조이고 나면 긴장의 등짐 하나
나를 밖으로 떠다민다
집을 나서면서부터
산에 들면서부터
숲이 내 키를 높여주면서부터
길들은 눈 크게 떠 손을 내민다
초록 옷 입은 길들의 몸을 따라가면
가만히 내버려두지 못할 일
그대로 두어 잠들게 하고
참을 수 없는 사연들
저절로 물 흘러 떠내려가느니

저항령

내가 걷는 백두대간 163

사람들 못 다니게 하는 길로 들어선다
낯선 내음이 속 깊은 데서 은은하게 온다
드문드문 곰취가 눈에 띄더니 아예 밭이다
거들떠보지 않고 간다 바쁘다
육이오 때는 전쟁이 여기까지 올라와서
한차례 전투만으로도
설흔한시간 동안 북설악을 흔들었다
아 푸나무들도 떨어 귀머거리가 되었는지
길도 눈이 멀어 찾아갈 곳을 잃었는지
아무리 불러도 대답이 없다
지쳐 나자빠진 몸들이 샘 찾기를 그만둔다
죽자사자 다시 올라가야 한다
멧돼지가 파헤쳐놓은 길섶에도
왜 세상은 따라와서 나를 재촉할까
갈 길이 멀다

* 저항령(低項嶺): 설악산 마등령과 황철봉 사이의 고개. 6·25 때의 격전지로 알려져 있다. 지도에는 십자고개로 돼 있으나 좌(서쪽·백담사 방향)측과 우(동쪽·설악동 방향)측 길이 거의 사라져버렸다.

너덜겅

내가 걷는 백두대간 164

아름다운 풍경을 보았다고 뽐내지 말거라
이기고 나서 떠들거나 으스대지 말거라
이마를 쳐들고 콧대를 세워
내가 푸른 하늘과 맞닿아 산다고 여기지 말거라
혼자서 솟아 외로움을 만들지 말거라

무너지면 모두 이렇게 팍팍하게 된다
허물어져서 모두 마음 맞추기 어려운 사막이 된다
아름다움에 승리에 푸른 하늘에
사랑이 핥고 가는 부끄러운 떨림에
굶주린 검은 아가리가 된다

* 너덜겅: 큰 돌이 많이 덮인 산비탈. 설악산에서는 공룡능선-마등령-미시령-진부령까지의 백두대간 마루금에 이같은 너덜겅이 많다.

발길 돌리다

내가 걷는 백두대간 165

군부대가 산길을 삼켜 끔벅거리므로
내 마음도 목에 걸린 생선가시처럼
담장 위 엉클어진 철조망에 칵칵거린다
묵은 가래라도 뱉어내야 한다
대간 길 사라진 곳에 향로봉 전승비 버티고 서서
물끄러미 사람들 내려다본다 뙤약볕 아래
발길을 돌리는 것은 사람만이 아니다
바람도 돌아서서 불어야 그리움을 배운다
산새들도 가다오다 나뭇가지에 내려앉아
내 몰골을 읽었는지 고개 끄덕인다
아 사람이 가야 산천초목이 가고 짐승이 가고
이어진 마음의 끈도 따라가는 것을
흰구름 한 점 푸른 하늘에 높게 떠서
아무 일 없다 아무 일 없다고 하품이나 하듯이

신선봉에서 바라본 남한 쪽 백두대간의 북방한계선

시인의 말

1. 우리에게 산은 무엇인가

백두대간은 이제 하나의 현실이다. 백두산에서부터 남으로 뻗어내린 큰 산줄기가 지리산에서 매듭을 짓는 것이 지리·지형적인 현실이요, 우리나라 땅의 등뼈와 중심축 역할을 한다는 점에서 국토의 상징적 현실이 된다. 백두대간은 또한 우리나라 전역에 걸쳐 가지를 치며 뻗어가는 많은 산줄기들과, 그 산줄기를 수계(水界)로 한 냇물과 강 들을 흘러가게 함으로써, 한국인들의 삶의 터전을 이룩해놓았다고도 할 수 있다.

우리나라 사람들은 어린시절부터 이미 산을 보고, 그 산과 동화되면서 성장해간다. 먼데 펼쳐진 산줄기를 바라보며 그 산 너머 세계에 대한 꿈을 키우기도 한다. 마을의 집들은 대체로 산을 등지고 들어앉았으며, 집앞으로 펼쳐지는 들과 시냇물도 산에서 흘러내리는 물이 그 젖줄로 된다. 아이들은 산새소리와 솔바람소리에서 자연의 음악을 배운다. 산은 곧 한국인의 의식과 세계관 형성의 원형을 보여주는 자연이라고 하겠다.

산이 한국인의 삶의 터전이자 의식 형성의 원형적 상징이라는 것은, 그동안의 우리 역사와 문화, 토박이 종교, 민속에서 얼마든지 확인된다. 우리나라 역사의 출발점인 단군시대부터 산은 곧 삶의 무대이자 배경이었다. 삼국·고려·조선 시대의 역사·문화에서도 산은 그 중요한 현장일 뿐만 아니라 주제가 되어왔다. 산을 항상 외경의 대상으로, 또 하늘의 뜻을 읽을 수 있는 수도의 장소로 생각해온 선인들의 기록 역시 헤아릴 수 없을 만큼 많다. 따라서 산은 한국인의 삶과 밀착된 자연조건이라는 생각이 든다. 그 자연조건 속에 우리나라 사람들의 시간과 공간의 테두리가 모두 포함되어 있다.

2. 백두대간이 되살아나기까지

내가 '백두대간'이라는 생소한 말을 처음 들어본 것이 1980년대 중반쯤으로 기억된다. 당시 산악인이자 지도제작자이며, '현대판 김정호'로 알려지기 시작한 이우형 씨로부터였다. 나는 그때 취재기자로 이씨를 인터뷰했는데, 그가 목소리가 크고 대단히 열정적인 사람이라는 인상을 받았다. 그는 그때 자신이 발로 뛰어 만든 지도를 펴놓고, 이것저것을 설명하다가 '태백산맥'이라는 용어가 잘못된 것임을 지적했다. 아니, 우리나라의 모든 '산맥'이라는 것이 일제에 의해 잘못 만들어진 지질구조선

이기 때문에, 땅 위의 지리·지형에 맞춘 우리 고유의 산줄기 이름인 '대간' '정간' '정맥'으로 회복되어야 한다고 그는 말했다.

그때만 해도 나의 지리상식은 초중고교 시절에 배운 정도였으므로, 태백산맥이 우리나라 국토의 큰 산줄기인데 백두산에서부터 시작해 부산의 금정산까지 이어진다고 알고 있었다. 그 무렵은 또 여성 산악인 남난희 씨가 금정산에서부터 금강산 진부령까지 태백산맥을 단독 종주해 화제가 된 뒤였다. 태백산맥이 아니고 백두대간이라고 해야 한다, 백두대간은 태백산맥과는 달리 백두산에서 시작해 남한 중심부를 거쳐 지리산에서 끝난다, 이것은 우리의 선조들에 의해 이미 정립된 『산경표』에 그대로 나타나 있다…… 이같은 새로운 사실을 그때 나는 처음으로 이우형 씨를 통해 듣게 되었던 것이다.

1980년대 중반은 내가 한창 산에 빠져서 안 가본 산을 무턱대고 찾아다닐 때였다. 『산으로 가는 길』이라는 등산지도집의 지도들을 한장 한장 떼어내어, 나침반과 함께 챙겨들고 열차·시외버스·고속버스를 타고 산으로 달려가곤 하였다. 우리나라의 높은 산들은 정상에 올라 바라보면 사위(四圍)가 모두 첩첩산들로 둘러싸여 있었다. 산 너머 산, 그 너머로 또 산, 그 너머로 또 어렴풋한 산마루가 긴 가로금으로 누워 있음을 볼 수 있었다. 우리나라 땅의 70%가 산이라는 사실을 눈으로 확인하는 순간들이었다.

산 너머 세계에 대한 꿈과 동경이 사람들의 발걸음을 백두대간에 이르게 했을 것이다. 이 꿈의 선구자들, 이를테면 60년대의 국토종주 삼천리 종주대, 70년대의 국토 중앙 자오선 종주대, 태백산맥 종주대(이때까지만 해도 백두대간이라는 용어는 사용되지 않았다. 백두대간은 이우형 씨가 우연히 고서점에서 발견한 『산경표』를 따라 80년대부터 그의 글과 강연에 쓰이기 시작했다), 80년대의 남난희, 90년대 초의 『사람과 山』 종주대, 조석필, 길춘일, 이밖에 이름을 알 수 없는 적지 않은 종주자들은 대간을 온몸으로 부분적이나마 개척한 사람들이라 할 수 있다. 그들은 오늘 같은 정밀한 자료와 정보가 미진한 상태에서 대간에 올라 길을 뚫었다. 악천후와 독충과 허기에 시달리며 길이 끊긴 잡목숲을 헤치며 나아갔다.

1990년 11월부터 월간 『사람과 山』은 특집 '백두대간 따라 백두산까지 간다'를 1년여 동안 연재했다. 지리산에서 휴전선 부근의 향로봉까지 도상거리 690km를 종주대가 밟은 기록으로, 많은 산악인들의 관심을 불러일으켰다. 뿐만 아니라 이 특집은 종주대와 별도로 백두대간 인근의 인문지리적 환경을 함께 취재·소개함으로써, 우리에게 백두대간의 의미를 더욱 뜻깊은 것으로 만들어주었다. 이 해에 또한 작가 박용수 씨에 의해 『산경표』 영인본이 발간되었다.

1993년에 나온 산악인이자 의사인 조석필 씨의 『산경표를 위하여』 또한 백두대간이라는 개념이 널리 설득력을 갖게 된 동력의 하나였다고 생각한다. '백두대간의 원상회복을 위한 제언'이라는 부제가 붙은 이 책은, 그가 직접 산줄기에서 체험한 지리 인식과 우리 고유의 산경표 원리가 부합한다는 것을 명쾌

하게 설명하고 있다. 아울러 일본인들이 창작하거나 창씨개명시킨 무슨무슨 산맥이라는 이름과 개념의 불합리와 모순을 샅샅이 파헤쳐놓았다. 이 책을 읽고 나는 비로소 백두대간을 틈나는 대로 종주해보아야겠다는 결심을 굳히게 된다.

나는 의식적인 백두대간 구간 종주를 실행에 옮기면서(그전에는 물론 대간을 의식하지 못한 채 적지 않게 대간의 마루금을 걸었다), 이 산행 체험과 대간 주변의 역사·문화·사람의 삶을 시와 산문으로 정리해보겠다는 꿈에 사로잡혔다. 그 꿈은 현실이 되어 지리산에서부터 많은 시가 되어 나타났다. 나는 1996년 나의 여섯번째 시집인 『야간산행』을 출간한 이후, 이 지리산 시편들에 매달려 2001년 82편을 묶어 일곱번째 시집 『지리산』을 펴냈다. 모두 '내가 걷는 백두대간'이라는 부제가 붙고 일련번호가 매겨진 시편들이다. 일련번호가 붙은 시편들을 흔히 연작시라고들 하는데, 나는 일관된 주제에 종속하는 연작시가 아니라, 한편 한편이 독립된 주제를 갖는 자유로운 서정시가 되기를 바랐다. 일련번호는 그러므로 지리산 또는 백두대간이 시의 배경이자 무대가 된다는 뜻에 다름 아니다.

3. 백두대간에서 세상 보기

백두대간 산행은 나에게 항상 긴장과 설레임을 미리 안겨준다. 몇차례 가본 산일지라도 떠나기에 앞서 지도를 들여다보고, 어디서 올라가 어디로 내려가겠다는 계획을 세운다. 처음 가보는 구간은 지도 들여다보는 시간이 더욱 많아진다. 지도 속에서 어떤 살아 있는 눈동자라도 찾을 것처럼. 그 눈동자가 빼곡한 등고선의 어떤 지점이거나, 물줄기 어디쯤에 숨어 있을 것만 같아서이다. 내가 걸어가야 할 산길과, 그 산에 서린 역사와 인문지리적 사실들을 들춰보는 일도 게을리하지 않는다. 그 산줄기의 기슭에 기대어, 또는 그 산줄기를 넘나들며 살아왔거나 살아가는 사람들의 이야기는 아무리 공부를 해도 그칠 날이 없을 것 같다.

산길에 들어서면서부터 나는 단순해진다. 산길을 따라 걷는 일에만 내 의식이 열려 있다. 오직 눈에 보이고 귀에 들리는 것들이 나를 사로잡는다. 그것들이 나의 감각과 감정을 자극하고 또 반응한다. 산길에서는 푸나무와 숲과 바위와 꽃들이 짧은 순간에 내 눈을 스쳐지나가지만, 그것들은 그때마다 새롭게 나타났다가 금세 사라진다. 끊임없이 이어지는 새로움 때문에, 나는 미처 다른 것들을 생각할 겨를이 없다. 세상살이의 일들은 이미 나와 차단되어버린 지 오래다. 내 발걸음은 세상의 삶으로부터 연장선상에 있으나, 세상 속의 생각과는 걷는 동안 단절되기 마련이다. '길이 끝나는 데서 등산이 시작된다'라는 말은, 그러므로 나로 하여금 '다른 세상' 또는 '새로운 세상'으로의 이입을 뜻하는 말과 다름없다.

오르막길을 헉헉거리며 계속 오르다보면 힘에 부치는 자신을 발견하게 된다. 투명한 땀방울이 한 방울 두 방울 내 이마에서 떨어지는 것을 본다. 눈물을 가리켜 '옥토에 떨어지는 작은 생명'이라고 노래한 스승처럼, 내 땀방울 하나하나가 꼭 그러하다는 생각을 하면서, 힘겹게 한 발자국 두 발자국 발걸음을 옮긴다. 이 길을 지금의 나처럼 땀 흘리며 올랐을 사람들이 있었음에 생각이 미친다. 밥 벌어먹기 위해, 몸과 마음을 닦기 위해, 쫓기거나 쫓아가기 위해, 산천경개의 유람을 위해, 이 길을 걸었던 사람들의 사연이 나를 뭉클하게 만든다. 그들 모두에게도 지금 나에게 보이는 풍경이 전개되었을 터이고, 때로는 비바람·안개·눈보라 따위가 그들의 발걸음을 더디게 만들었을 터이다. 이런 생각들 속에서 산길에서 수없이 만나는 사물은 그때마다 나에게 각별한 의미를 던진다. 독서나 공부라는 것이 어떤 의미의 새로운 발견과 해석이라면, 산에 오르는 일과 왜 그렇게도 닮았을까. 옛 선현께서 일찍이 '독서여유산(讀書如遊山)'이라는 시를 쓴 것처럼 산행은 그때마다 나에게 곧 공부가 된다.

'백두대간'은 우리나라의 모든 크고작은 산들이 흐르고 흘러 합쳐지는, 우리나라에서 가장 형세가 큰 산줄기이다. 이 산줄기는 남쪽의 지리산에서부터 덕유·속리·태백·두타·오대·설악산을 거치고, 북한 쪽의 금강산을 비롯한 큰 산들을 넘어 백두산에 이르게 된다. 따라서 백두대간 마루금을 걷는 산행은, 지리산에서 백두산까지 한번도 물을 건너지 않고, 산 능선으로만 걸어가는 일이다. 현재 남한 쪽에서는 설악산 넘어 진부령까지만 갈 수 있고, 그 북쪽은 군부대와 휴전선에 막혀 더는 나아갈 수 없다.

이 산길은 우리나라의 등뼈이자, 가장 깊은 오지를 밟고 걷는 길이라고 할 수 있다. 나는 이 남한 쪽 대간 길을 1990년대 중반부터 구간 종주했는데, 한달에 한 번 또는 두 번 정도 주말을 이용해서 했으므로 2004년 6월에야 겨우 마칠 수 있었다.

대간 길을 걷는 일은 끝없이 이어진 산봉우리들을 오르고 또 내려가는 일의 되풀이이다. 운행계획에 따라 특정 지점에서 출발하여 대간 마루금에 올라서고, 여기서부터 마루금을 따라 오르락내리락을 계속함으로써, 국토의 중심축 위를 걷는다는 긍지와, 그 정신적 풍요함을 맛보게 된다. 그러나 정신의 이 풍만감과는 달리 육체는 고단하고 힘겨울 수밖에 없다. 표고차 몇백 미터가 되는 봉우리를 애써 올라갔다가, 금세 또 올라온 만큼 내려가고, 다시 앞에 버티고 선 높은 봉우리를 향해서 숨을 할딱이며 올라가야 한다. 올라가는 길의 힘겨움과 내려가는 길의 편안함이 되풀이됨으로써, 나는 이 길이 사람의 생의 길과 같다는 생각을 하게 된다. 오르는 일의 힘겨움은 조만간 내려가는 일의 편안함이 온다는 것을 알기 때문에, 고통을 오히려 달게 여긴다. 내려가는 일의 편안함은 또 머지않아 올라가야 한다는 것을 알기 때문에, 편안함이 오히려 두려워진다. 이 같은 되풀이는 세상살이의 이치와 같고, 많은 사람들에게 두루 경험되는 삶과 닮지 않았는가. 산에서 세상이 보이고 세상을 공부하게 된다는 까닭이 여기서 비롯된다.

오랜 시간 산행을 계속하다보면 심신이 다 지쳐 한시 바삐

백두대간의 남한 쪽 종착지
진부령에서 필자

산을 내려가 집으로 돌아가고 싶어진다. 눈·비·안개·강풍·천둥번개의 악천후 속에서는 더욱 그러하다. 산이 지겹고 무섭고 지긋지긋해진다. 집으로 돌아와서 피곤한 육신을 눕힌다. 그러나 마음만은 흐뭇하다. 그 어려움 속을 오랫동안 뚫고 나왔다는 점에서, 스스로가 마침내 대견해진다. 집에서 하룻밤을 지내고 나면 언제 그랬더냐 싶게 온몸이 개운하다. 새로운 활력이 내 몸에 충전되어 있음을 느낀다. 다시 또 산이 그리워지는 순간이다.

이렇게 집으로 돌아가고 싶은 마음과 집에서 산으로 떠나고 싶은 마음 또한 세상살이의 마음과 같다는 생각이다. 사람의 귀소본능과 일탈본능이라고 해도 된다. 귀소는 어떤 점에서는 구속을, 일탈은 어떤 점에서 자유를 뜻하기도 한다. 도시의 일상화된 삶에서 '떠남'은 곧 자유를 실현하는 일이 된다. 떠남은 미지의 세계에 대한 호기심·모험심의 발로이자, 야성·원시성을 찾아가는 길이기도 하다. 집으로 '돌아옴'은 곧 안식과 안정을 뜻한다. 집에서의 휴식과 더불어 나에게는 또 되풀이되는 일상이 기다리고 있다. 매너리즘에 빠져드는 것은 당연하다. 그래서 다시 산으로의 떠남을 계획하게 된다. 떠남과 돌아옴의 되풀이가 또한 우리네 삶의 모습이기도 하다.

산에 들어가는 일은 한때나마 나를 속진(俗塵)의 일과 단절시키고 단순화하고 고립되게 만든다. 그러나 동시에 세상의 일을 깨닫게 하고 명징하게 바로 보게 함으로써 사물의 외연과 내포를 체득케 한다. 산에 오르는 일은 그러므로 나에게 세계를 한눈에 담는 것이 된다. 퇴계가 『유소백산록(遊小白山錄)』에서 "처음에 울적하게 막혔던 것이 나중에는 쾌함을 얻는다"라고 한 것은, 공부하는 과정을 산행의 과정에 빗대어 한 말이기도 하다.

4. 휴전선 너머로 그리움이 간다

백두대간이 아니더라도 산은 우리나라의 모든 곳에 있다. 그 모든 곳의 산들이, 그러나 사실은 모두 백두대간을 향해서 치닫고 모아지는 크고작은 산줄기 가운데에 있다는 것을 우리가 알고 깨달아야 한다.

마을에 뒷동산이 하나 있다. 그 뒷동산에 올라 능선으로만 걸어, 지맥·정맥을 거쳐 백두대간에 이른다는 것이 『산경표』

의 원리이자 원칙이다. 그런데 어떤 곳에서는 산줄기가 발길을 멈추어 논밭이 돼버린 경우를 자주 본다. 자동차 도로를 따라 가거나 건너가거나, 사람 사는 마을을 가로 세로 질러가거나, 논두렁 밭두렁 도랑물을 건너뛰기도 한다. 또 어떤 곳에서는 골프장 · 스키장 · 군대기지 · 채석장 · 목장 · 호화별장 들이 버티고 서서 산줄기도 제 갈 길을 잃어버린다. 이런 현상들은 모두 사람들의 손에 의해 대간 · 정간 · 정맥 · 지맥들이 변형되고 훼손되었기 때문이다.

백두대간 마루금은 이제 많은 종주자들의 발길에 닿아 길이 분명해졌다. 길이 애매한 곳에서는 표지기(리본)들이 흔들거리며 길을 안내한다. 이 길을 걷는 사람이라면 알고 있다. 우리의 문학과 지리학이 상처받은 백두대간을 한시 바삐 원상회복시켜야 한다는 것을. 이 길을 걷는 사람들의 마음속에 이미 백두대간은 복원되었으나, 아직도 모든 교과서와 사전류, 일부 문학작품들은 태백산맥 · 소백산맥 따위의 이름들을 그대로 쓰고 있다.

나는 산에 오를 때, '왜 내가 산에 오르는가'라는 질문을 스스로에게 던지지 않는다. 내가 시를 쓸 때마다 '왜 쓰는가'라고 묻지 않는 것과 같다. 이 산에 오르는 것이 무엇을 위해서가 아니라 그냥 어렵게 올라가는 과정이 좋고, 이것들이 되풀이됨으로써 형언할 수 없는 만족감과 성취감을 느끼기 때문이다.

하루 혹은 이틀간의 구간종주 산행을 마칠 때마다, 다음 차례에 올라야 할 건너편 산줄기를 바라본다. 몸은 지칠 대로 지

쳤어도 마음은 이미 앞에 가로막힌 봉우리를 오르고 있다. 내 그리움이 더 가고 싶어 안절부절못한다. 진부령에서 남한 쪽 백두대간 종주를 마쳤을 때에도 그랬다. 아무렇지도 않게 버티고 있는 군부대의 철조망 너머로, 내 마음은 산길을 따라 향로봉과 금강산으로 마구 내달리기만 했다.

이 시집에 수록된 84편의 시들은 시집 『지리산』 이후에 씌어진 작품들이다. 지리산을 벗어나 금강산 진부령까지의, 백두대간 남한 쪽 마루금을 구간종주하면서, 주마간산격으로 보고 느끼고 생각했던 것들의 기록이라고 할 수 있다. 좀더 많은 시간과 여유와 정보를 가지고 이 산줄기 기슭에 얽힌 사연과 사람들의 삶에 접근하지 못한 것이 아쉬움으로 남는다. 앞으로도 산행은 계속될 터이므로, 이 아쉬움은 과제로 삼기로 하고, 일단 '내가 걷는 백두대간'을 여기서 마무리짓는다. 북한 쪽 백두대간은 내가 살아 있는 동안 밟아볼 수 있을지 아직도 불투명하다. 그러나 분명한 것은 반드시 통일이 성취되고, 백두산까지 산길이 트일 날도 머지않으리라는 사실이다. 그날을 앞당겨야 한다는 꿈이 나에게 항상 가득하다. 8년여 동안 드문드문 나와 함께 대간 산행을 했던 길춘일 대장을 비롯, 김영재 · 강희산 · 윤경덕 시인, 그리고 만고산악회의 이경언 · 한상대 · 김용균씨의 이름을 적어두고 싶다. 향로봉 구간을 주선해준 김우선 시인도 잊지 못한다. 이 시집에 실린 사진들은 월간 『사람과 山』, 수문출판사 이수용 사장, 그리고 함께 대간 산행을 했던 친구들이 촬영한 것이다. 그들에게 고마움을 표한다. 시집 『지리산』과 함께 이 책을 펴내느라 애쓴 창비 식구들에게도 인사 전한다.

2005년 1월

이 성 부

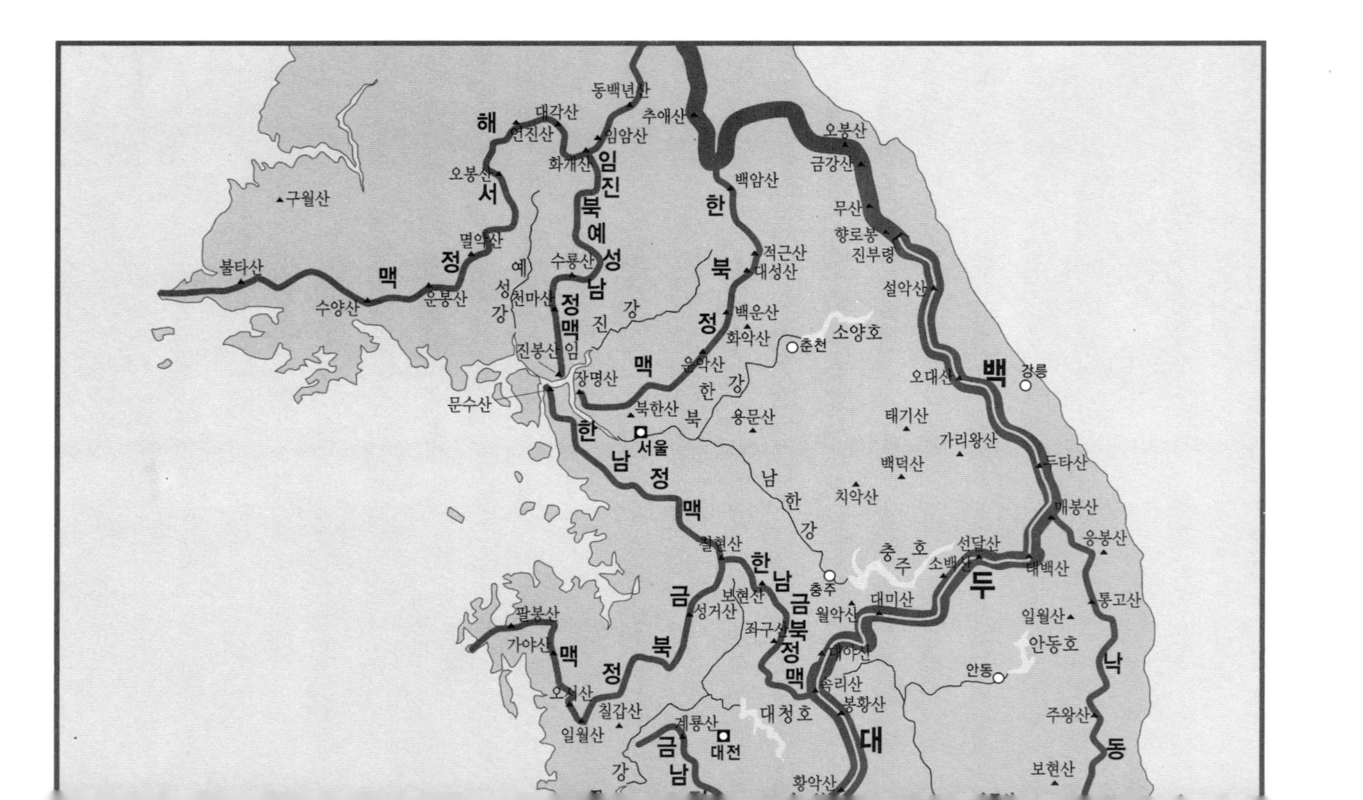
동백년산
대각산
추애산
오봉산
연진산
임암산
금강산
화개산
임진북예성남정맥
오봉산
백암산
해서정맥
구월산
한북정맥
무산
향로봉
진부령
멸악산
적근산
대성산
불타산
수룡산
설악산
수양산
운봉산
천마산
예성강
백운산
화악산
소양호
춘천
진봉산
운악산
장명산
오대산
백두대간
강릉
문수산
북한산
북한강
용문산
태기산
서울
가리왕산
한남정맥
두타산
백덕산
남한강
치악산
매봉산
응봉산
칠현산
선달산
충주호
소백산
태백산
충주
한남금북정맥
보현산
대미산
통고산
성거산
월악산
일월산
팔봉산
좌구산
안동호
가야산
대야산
금북정맥
안동
낙동정맥
오서산
속리산
봉황산
칠갑산
대청호
주왕산
계룡산
대전
일월산
금남정맥
금강
황악산
보현산

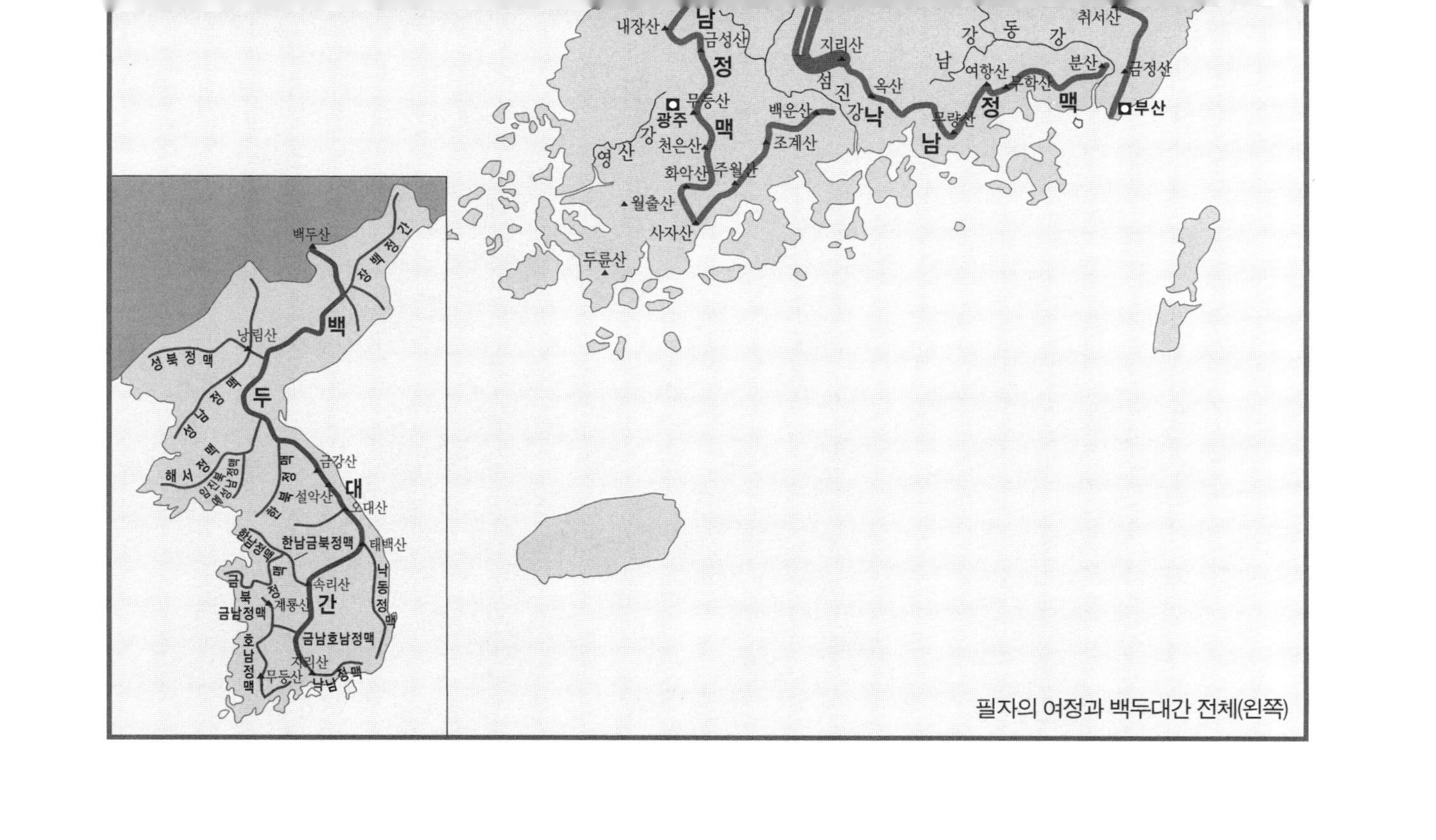

필자의 여정과 백두대간 전체(왼쪽)

이성부 시집

작은 산이 큰 산을 가린다

초판 1쇄 발행/2004년 2월 11일
초판 4쇄 발행/2008년 9월 20일

지은이/이성부
펴낸이/고세현
편집/김정혜 문경미 안병률 김현숙
미술·조판/정효진 한충현
펴낸곳/(주)창비
등록/1986년 8월 5일 제85호
주소/413-756 경기도 파주시 교하읍 문발리 513-11
전화/031-955-3333
팩시밀리/영업 031-955-3399 · 편집 031-955-3400
홈페이지/www.changbi.com
전자우편/literat@changbi.com

ISBN 978-89-364-2716-0 03810

* 책값은 뒤표지에 표시되어 있습니다.